NELA 1979

colección andanzas

Obras de Juan Trejo en Tusquets Editores

ANDANZAS

La máquina del porvenir
X Premio Tusquets Editores de Novela

La otra parte del mundo

La barrera del sonido

Nela 1979

JUAN TREJO

NELA 1979

TUSQUETS
EDITORES

1.ª edición: septiembre de 2024

Diseño de la colección: Guillemot-Navares

Tusquets Editores, S.A. – Av. Diagonal, 662-664 – 08034 Barcelona
www.tusquetseditores.com
ISBN: 978-84-1107-504-6
Depósito legal: B. 12.085-2024
Fotocomposición: Realización Tusquets Editores
Impresión y encuadernación: CPI Black Print
Impreso en España

Índice

A mi hermana Nela, la estrella distante.
A mis padres, Juan y Luisa.

Y a Montse, siempre.

Olvidar exige esfuerzo y trabajo. Exige estar recordándote todo el tiempo que tienes que olvidar algo. Seguramente esa y no otra es la labor esencial de toda ideología.

Gueorgui Gospodínov
Las tempestálidas

Al principio, la madriguera era como un túnel que se extendía hacia delante, pero de pronto torció hacia abajo, tan inopinadamente que Alicia no tuvo tiempo ni para pensar en detenerse y se encontró cayendo vertiginosamente por lo que parecía un pozo muy profundo.

Lewis Carroll
Alicia en el País de las Maravillas

Hablar mirándose a los ojos
sacar lo que se puede afuera
para que adentro nazcan cosas nuevas.

Mercedes Sosa/Piero
«Soy pan, soy paz, soy más»

Donde habita el olvido

Salimos del parque zoológico de Barcelona poco después de la una de la tarde. Era el 25 de noviembre de 1979. Yo tenía nueve años.

Fue una visita más bien rutinaria, aburrida como todas las que me veía obligado a hacer con mis padres, sin incentivo ni sorpresa alguna. De hecho, nadie sabe a ciencia cierta por qué precisamente ese día, de entre todos los domingos del año, fuimos a ver a Copito de Nieve. A mí no me gustaba el zoológico, me parecía un lugar triste, deprimente. Prefería recrearme en las ilustraciones y leer los breves textos de un libro que tenía en casa que hablaba de cómo y cuándo se creó el parque y también de la llegada de su más distinguido huésped, el gorila albino. Los dibujos de ese libro eran amables, desprendían un agradable aire nostálgico, como de ensueño, que no se correspondía en absoluto con el abandono y la grisura que imperaban en esa época en el zoológico de la ciudad.

No hacía frío a pesar de la fecha, el cielo estaba despejado, pero me abrigaron a conciencia, como siempre, porque mi madre, una mujer firme y poco dada a los matices, temía las consecuencias de un constipado mal curado más que cualquier otra enfermedad. Mi padre, diligente en apariencia, comandaba la expedición de regreso al coche, aparcado en la calle Comercio, a escasos metros de las verjas de la Ciutadella, recorriendo las aceras vacías en silencio; no nos cruzamos con nadie en todo el trayecto. Es posible que mis padres dialogasen, hablasen de sus cosas sin tenerme en cuenta, como solía suceder, pero por ese motivo lo que pudieron decirse no tuvo nada que ver conmigo y cayó irremisiblemente en el olvido.

Teníamos un Seat 850 de dos puertas, color turquesa, de segunda mano. Mi padre lo había comprado poco después de sacarse el carnet. Tal vez pueda parecer extraño que un hombre, en aquella época, tardase tanto tiempo en aprender a conducir, porque en 1979 mi padre había cumplido ya los cincuenta, pero a las estrecheces económicas y la nula necesidad de adquirir un vehículo por motivos laborales, había que sumarle el hecho de que a mi padre le faltaba el ojo izquierdo y que, desde que lo perdió a los diecinueve años, arrastraba una inevitable inseguridad en relación con todo lo que tuviese que ver con la ubicación espacial. A mí, en cualquier caso, no me gustaba que el coche de la familia solo dispusiera de dos puertas. La incomodidad de tener que inclinar hacia delante el asiento del acompañante para poder acceder al trasero me parecía un atraso.

Recorrimos las calles de la ciudad montados en el Seat 850 siguiendo una ruta perfectamente reconocible hasta llegar a la calle Gomis, en el barrio de Vallcarca, en la parte alta de Gràcia, casi tocando a la avenida de la Vall d'Hebron. Mi padre, seguramente debido a su inseguridad, seguía siempre las mismas rutas para volver a casa, con un convencimiento y una rigidez que, vistas desde la distancia, quizá anunciaban ya un futuro problema neuronal degenerativo. Como los domingos, a esas horas, el tráfico era casi inexistente, apenas tardamos veinte minutos en llegar. Vivíamos en un sótano que, como tantos otros de la zona, aprovechaba el desnivel con la calle de atrás, Esteve Terrades, para disfrutar de luz directa tanto en el patio como en varias de sus habitaciones.

A veces, los grandes cambios están asociados a acontecimientos de gran envergadura, muy llamativos: explosiones, asesinatos, terremotos. En otras ocasiones, se inician con un gesto mínimo, un ligero desplazamiento de los elementos que componen la realidad, como abrir una puerta y toparte con alguien de tu familia.

Eso fue exactamente lo que ocurrió: mi hermano mayor, Paco, acompañado por Margarita, su novia, nos esperaban en la puerta. Paco acababa de cumplir veintitrés años y lucía un frondoso bigote que se había dejado crecer meses atrás, mientras realizaba el servicio militar en Valladolid. Margarita, Marga para familia y amigos, llevaba puesta una chaquetilla de lana de color oscuro y tenía una cabellera ondulada, al estilo de Kate Jackson en *Los ángeles de Charlie,* que le caía sobre los hombros. Eran novios formales desde hacía un par de años y, en teoría, no tendría que habernos resultado extraño encontrarlos en casa. Sin embargo, su expresión apesadumbrada, el gesto descompuesto de sus rostros, indicaba que estaban ahí para dar malas noticias.

Habían llamado de Valencia, donde vivía mi hermana Nela desde hacía un año. Por lo visto, la noche anterior había entrado por su propio pie en el Hospital Provincial aquejada de un fuerte dolor en la zona del abdomen. Esa información, sin embargo, pertenecía ya a un pasado remoto, sin ningún valor específico ni vinculación con el presente, porque había otra noticia que llegó para arrasar definitivamente con cualquier detalle previo. A las 12.25, mientras recorríamos el sombrío zoológico de Barcelona, Nela había muerto, sola, en la sección de Urgencias del hospital. Acababa de cumplir veintiún años.

A partir de ese momento, se desencadenó el caos en el interior de la vivienda y también en el rellano y en las escaleras del edificio de la calle Gomis.

Para los niños, ciertas cosas se entienden por contagio: es el entorno, cargado de significado, el que los ayuda a captar qué está ocurriendo más que la interpretación de una serie de datos o de fragmentos de información consecutivos. Gracias a su empatía pueden percibir el dolor ajeno y calibrarlo; miden la intensidad de la radiación que los rodea como una suerte de contador Geiger.

No soy capaz de recordar quién me comunicó, si es que alguien se tomó la molestia de hacer un aparte conmigo, la muerte de mi hermana. Supe que algo muy grave había ocurrido por lo que estaba teniendo lugar en la casa, pero me costaba asociar semejante confusión y dolor a la figura de mi hermana Nela. Porque mi hermana Nela no tenía, en mi limitada concepción del mundo, el peso suficiente como para desencadenar semejante reacción de pena o desolación. Desde mi punto de vista, tras marcharse de casa hacía ya cuatro años, cuando yo tenía cinco, y convertirse poco a poco apenas en una mención distante, con nula presencia en las conversaciones, había dejado de ser un miembro efectivo o de pleno derecho de la familia. Hasta su marcha, Nela había sido un problema, un elemento disruptivo y desestabilizador, foco de tensión, de discusiones constantes e incluso de brotes de violencia espontánea. Nela, a mi entender, pero también al de mis padres, se había ido convirtiendo de manera imparable en una suerte de monstruo egoísta y agresivo que no parecía tener en cuenta la idiosincrasia de la familia. Por ese motivo, que hubiese elegido marcharse voluntariamente, borrarse de la familia, había supuesto, a pesar de la contrariedad inicial, un alivio.

Las llamadas o las cartas de Nela desde Italia o desde Valencia siguieron entrañando cierto grado de amenaza, pero la distancia y la periodicidad de aquellas lograron que todo resultase más llevadero. A esas alturas, estaba claro que el camino que había decidido emprender Nela la iba alejando cada vez más de la trayectoria familiar. Nela, de hecho, estaba tan lejos que apenas tenía ya un significado evidente para mí. Era mi hermana, claro está, pero más allá del hecho nominal, ¿realmente podía generar semejantes muestras de angustia y desesperación?

No recuerdo frases concretas, conversaciones específicas, pero sí la sensación de profundo descontrol, los gritos y las exclamaciones de las mujeres. En cierto sentido, la impresión de inestabilidad era tan intensa en ese momento en nuestra casa que sentí como si el suelo estuviese a punto de resquebrajarse para dejarnos caer a todos a las profundidades ardientes del planeta.

La casa estaba abarrotada de gente. Habían llegado los futuros suegros de Paco. También habían aparecido mis tíos, los tres hermanos de mi padre que vivían en Barcelona, con sus respectivas esposas e hijos. Había amigos y conocidos de la familia. Y un buen puñado de vecinos, a pesar de que la relación con alguno de ellos no era especialmente fluida. No tardaron en establecerse dos bloques bien definidos. En el salón estaban los adultos, hombres y mujeres, fumando sin parar y llorando y gritando y haciendo llamadas telefónicas. En la salita, que era donde hacíamos vida, una habitación más pequeña al lado del salón, estábamos los niños y los jóvenes, apartados, aunque no del todo, del dolor y de los gritos de los adultos. Carmen, mi hermana, estaba incluida en este segundo grupo, a pesar de que por edad, tenía diecisiete años, y por su condición, hacía un tiempo que trabajaba además de estudiar en la universidad, tal vez le habría tocado engrosar las filas de los adultos.

Durante esas horas terribles, mis padres tuvieron que tomar decisiones que nadie querría tomar jamás. Resultaba imprescindible organizar a toda velocidad un viaje a Valencia, por ejemplo. Por una parte, para dar fe de que era Nela la que yacía en el depósito de cadáveres del Hospital Provincial. Por otro, si la identificación resultaba positiva, como todo parecía indicar, habría que recuperar su cuerpo y traerlo de vuelta a Barcelona. Había que conseguir un nicho en algún cementerio de la ciudad, porque el tiempo apremiaba. Y después elegir ataúd y demás parafernalia característica de los entierros.

Todo ese proceso, por otra parte, costaba una considerable cantidad de dinero. Un dinero del que mis padres no disponían. Eso dio pie, por si no fuese ya suficiente lo que estaban viviendo, a una agria discusión, pues uno de los hermanos de mi padre, que al parecer sí disponía de ahorros, se negó a prestarles dinero y les propuso a cambio que enterrasen a su hija en Valencia. Fue un momento de una oscura y punzante mezquindad que, por fortuna, se solucionó gracias a la mediación de un conocido de la familia. También tuvo que organizarse con celeridad el viaje a Valencia, en un coche prestado, el flamante Renault 12 de los futuros suegros de Paco, mucho más fiable y veloz para un trayecto de esas características que el Seat 850 de la familia. A Valencia tan solo fueron Paco y mis padres.

En un momento dado, mientras se tomaban todas esas decisiones, asomé la cabeza por el salón y, bajo una consistente nube de humo de tabaco, observé algo que iba a cambiar radicalmente mi percepción de lo que estaba ocurriendo. Vi que mi padre lloraba desconsolado sentado junto al teléfono. Nunca había visto llorar a mi padre; ni siquiera el día en que le comunicaron la muerte del abuelo Francisco, su padre; ni tampoco cuando murió su hermano Javier. Mi madre lloraba desde hacía horas, repitiendo una letanía insoportable: Ay, mi hija.

Pero que mi padre llorase, que lo hiciese además de esa manera, con tal desesperación, solo podía significar una cosa: el fin del mundo había llegado.

No lloré a mi hermana Nela siendo niño. No lo hice porque para mí no existía. La había borrado de mi memoria hacía ya un tiempo, se había convertido en un monstruo peligroso, una bestia capaz de destruir a nuestra familia.

Es ahora, viéndola en las fotografías de hace tantos años, siguiendo su pista como un perro solitario en mitad del desierto, intentando elaborar un retrato de grupo, cuando siento una tristeza palpable.

Nela fue bautizada como Manuela en honor a nuestro abuelo materno. Pero ella nunca se sintió cómoda con ese nombre, supongo que la aferraba en exceso a un mundo, a unas costumbres, que no entendía como propias; aunque también es posible que, simplemente, no le gustase cómo sonaba, que le pareciese demasiado antiguo o tradicional.

Desde su muerte, y siendo aún niño, yo también odiaba ese nombre. Escuchar un «Manuela» de pasada, en la televisión o en una conversación aleatoria en la calle, me erizaba el vello; como si la mera palabra encerrase una presencia fantasmal. Entre los miembros de la familia, seguimos llamándola Manoli, a pesar de saber que a ella no le gustaba; en cierto sentido, se trata de una muestra de apropiación, pues constatamos de ese modo, una y otra vez, que su muerte es más nuestra que suya. Pero al empezar a escribir estas páginas me di cuenta de que, por extraño que me resultase en ocasiones, por ajeno que fuese para mí ese «Nela», tenía que llamarla así porque es la historia de la persona que decidió adoptar ese nombre la que quiero contar.

Para mí Nela es la mujer joven que se hizo cargo de las riendas de su vida, para bien y para mal, la que se apartó de lo que ella entendía como imposiciones familiares o incluso insufribles mandatos sociales. Nela es la que mira desde lo más profundo de las fotografías, desafiante, sobre todo en las de sus últimos años de vida, después de irse de casa.

Como esa foto que durante años estuvo en el recibidor del piso de la calle Gomis.

A fuerza de estar ahí, en ese punto de transición o de paso si se prefiere, un poco fuera de lugar, nadie se fijaba en ella. La foto, por lo demás, era cuadrada y estaba colocada dentro de un marco ovalado, blanco, donde no encajaba bien; otra muestra del desajuste generalizado de Nela con la familia. Porque mi madre no colocó su foto junto al resto de las que escogió para exponerlas sobre un mueble bajo del salón. Nela, en su marco ovalado, permaneció durante años en una suerte de exilio en el recibidor.

En esa foto, Nela aparece de medio lado, como si se hubiese vuelto tan solo para responder a la voluntad del fotógrafo. Luce una larga melena negra un tanto asilvestrada y un mechón insumiso le cruza la frente. Lleva una camiseta de algodón de color fucsia, o tal vez rojo descolorido; una prenda sencilla, en cualquier caso. Sonríe ligeramente, con aire socarrón, mostrando sus dientes defectuosos, esos palatales salidos hacia delante que le daban un toque respingón a su pequeña nariz; como si al encargado de los rasgos genéticos se le hubiese ido un poco la mano al otorgarle a su rostro las características propias de la familia paterna. Su mirada, como ya he dicho, es retadora, de ojos entrecerrados, pero no tanto como el que pregunta, con ganas de gresca: «¿Qué estás mirando?», sino como si plantease una pregunta de otro tipo, una duda genérica. Es una mirada penetrante y, a un tiempo, da la impresión de querer huir, de tener la voluntad de ser inasible, de estar alejándose.

En la fotografía luce el sol. Es una estampa urbana. Se tomó en Génova en 1978.

Esa fue una de las escasas pertenencias que mis padres pudieron recuperar del último piso en el que Nela vivió en Valencia. Por lo visto, un muchacho, tal vez alguien con quien compartía el alquiler, se limitó a bajar una caja de zapatos con los objetos que Nela había dejado en aquel apartamento, entre los que se encontraba una cajita negra con un paisaje asiático en la tapa, algunos elementos de costura —incluido un diminuto dedal metálico—, su pasaporte, una billetera y un puñado de instantáneas de cuando estuvo en Génova.

A mí esa foto me hace pensar en una época en la que la ingenuidad ocupaba un espacio necesario, casi imprescindible. Yo observo esa foto de Nela, que ya no está en el recibidor del piso de la calle Gomis, sino en el salón de la casa de mi hermano Paco, y me digo que ese es también el momento previo al inicio del descenso trágico. Aunque ya por muy poco tiempo, todavía es posible soñar, porque, entre otras cosas, nada es irreparable. Las sombras están ahí, acechando, pero no ocupan el total de la panorámica. Por decirlo de otro modo, tal vez más pragmático, la heroína aún es un viaje alucinante que se puede controlar; como los viajes astrales de los que me habló Nela en el baño de casa cuando yo era niño.

La heroína todavía es un instrumento, una herramienta, no la protagonista absoluta de los días y las noches.

Yo no supe que mi hermana había consumido heroína hasta que cumplí diecisiete años. La versión oficial sobre la muerte de Nela fue perforación de estómago. Según tengo entendido, algunos miembros de la familia de mi madre todavía manejan esa versión. En una conversación con mi hermana Carmen, tras hacerle algunas preguntas muy específicas, me contó la cara B de todo lo relacionado con la muerte de Nela. Fue una conversación puntual, casi secreta, cuyos datos, años después, corroboró mi madre sin darle apenas importancia al tema más espinoso, como si le sobrase mi interés por el asunto.

Porque en casa nunca hablábamos de mi hermana Nela. Nunca. Desde que tengo recuerdo o memoria, es decir, después de que se marchase de casa, no hablábamos de Nela en la mesa, durante la comida, que era cuando en mi casa se hablaba; los adultos hablaban, quiero decir. Pero desde el momento de su muerte se impuso una férrea ley de silencio, intraspasable, que no posibilitaba ninguna clase de diálogo sobre esa cuestión; ni siquiera la más mínima referencia. Mi madre, además, cayó en una profunda depresión.

Mi hermana Carmen, que por aquel entonces tenía diecisiete años y trabajaba en una panadería, se vio obligada a vivir el duelo por su cuenta, sin compartirlo con nadie. Mi hermano, que había iniciado el tránsito para poner en marcha su propia familia, tan solo aparecía los fines de semana y no suponía contraste alguno a la estrategia materna. A mi padre y su tendencia natural a la introspección le iba como anillo al dedo la ley de silencio.

Se extendió un periodo muy negro en casa tras la muerte de Nela. Durante tres años, no se celebraron los cumpleaños ni las fiestas de ningún tipo. Odiábamos oficialmente la Navidad. Tampoco sonaba nunca música y mi madre insistía en vestir de luto riguroso.

Fue un interregno en el que murió cualquier aspecto lúdico o festivo de la familia. En cierto sentido, tal como creí entender al ver llorar a mi padre por primera vez, el mundo se había acabado para nosotros. Durante esos tres años perdí prácticamente todos los recuerdos de mi hermana Nela, pues no haber participado de ese proyecto de olvido generalizado habría sido poco menos que un acto de alta traición.

Lo que emergió de la oscuridad tras aquel periodo fue otra cosa. Otra familia.

El recuerdo de mi hermana se fue difuminando hasta casi borrarse por completo, tan solo quedaron las diferentes versiones que creamos cada uno de nosotros para uso personal; marcadas todas ellas por la incomodidad y el desagrado. Durante un tiempo, de hecho, tuve pesadillas en las que Nela regresaba de la muerte para atormentarme por el puro placer de verme sufrir, prueba evidente de su carácter maléfico.

Muchos años después, mi madre colocó aquella foto cuadrada en ese marco blanco ovalado. Y aunque la tuvo unos días en el salón, no tardó en llevarla al recibidor, como el que acompaña a una visita incómoda a la puerta para darle a entender que ya puede marcharse.

Pero Nela, al parecer, no tenía intención de irse del todo.

No sabía nada de mi hermana Nela. Lo desconocía prácticamente todo de su paso por este mundo. Y, sin embargo, una vez aceptado el efecto que incluso en el presente era capaz de provocar en mí, cuarenta años después de su muerte, supe que no podía seguir mirando hacia otro lado.

Porque la historia de Nela no es solo su historia. Es también la historia de una familia que quiso dejar atrás las maneras de un tiempo caduco para poder emprender un futuro prometedor, sacrificando algo muy valioso para lograrlo. Es también la historia de una generación de jóvenes que, después de atreverse a soñar durante un breve periodo de tiempo, tuvieron que afrontar la frustración y el desencanto de ver que las cosas no iban a cambiar del modo en que ellos habían imaginado. Es también la historia de un país obsesionado con borrar el pasado inmediato para entrar en una nueva etapa en la que codearse, de la noche a la mañana, con las principales democracias occidentales, como si en realidad siempre hubiesen estado en situación de igualdad. Y, en última instancia, es la historia de la irrupción de la heroína en un país que intentaba montarse a toda prisa en el tren de la modernidad, lo que acabó provocando una catástrofe sin precedentes.

Es posible que una parte de esta historia suene a cuento o leyenda. Porque es imposible saber quién fue Nela, conocer su esencia. El suyo, como no podía ser de otro modo, será un retrato intermitente, parcial, fraccionado. Solo voy a poder hablar de mi hermana y de la época que le tocó vivir a través de la ausencia. A partir de las sombras. Porque al pensar en su lugar en la familia o en la época que le tocó vivir, veo que de ambos aspectos apenas ha quedado una mancha oscura e informe enganchada en la pared; como una de esas sombras sobrecogedoras que quedaron fijadas en algunas paredes y aceras de Hiroshima tras la explosión de la bomba atómica.

Quedan escasas pruebas reales de su persona: sus palabras en un par de cartas, su firma en unos pocos libros, algunas fotos de los años previos a su muerte. Quedan unas pocas conversaciones, aisladas, inconexas, dispersas, donde la reconstrucción del recuerdo topa básicamente con ruinas. Y queda, claro está, lo que dejó en los que la sobrevivieron, las heridas que, cada uno a su manera, tuvimos que suturar para seguir adelante. Cicatrices que sirven para restañar el hueco que dejó al marcharse para siempre.

Una de esas extrañas cicatrices es *Sonrisas y lágrimas*, una herida oculta a plena vista que me obligó a sacar a la luz la historia de Nela. Pero hay otras.

Hace unos años, por ejemplo, escribí un libro en el que, de manera muy superficial, hablé por primera vez de la muerte de mi hermana Nela. Nunca había tratado su muerte de un modo directo. Había hablado de ella con amigos y conocidos, pero siempre como parte de alguna anécdota. La referencia en el libro apenas ocupó una página y media. Los datos sobre su muerte que aparecen en esas pocas líneas, por lo demás, son inexactos y torpes, casi ridículos vistos desde esta nueva perspectiva, porque entonces, hace apenas seis años, lo desconocía prácticamente todo de ella.

Mi intención era utilizar la noticia de su muerte para dar a entender que ese fue el motivo de que mis padres cancelasen por siempre jamás el desarrollo del relato sobre nuestra familia. Lo cual es cierto, pues tras su muerte mis padres nunca más volvieron a hablar de nuestra familia como un relato en curso, como algo vivo en constante transformación, sino como una idea, un plan carente de contenido.

Desde ese punto de vista, Nela se convirtió en un elemento narrativo secundario y dejó de ser una persona con sus propias circunstancias. Así había pretendido yo también utilizarla en el desarrollo de ese primer capítulo de mi anterior libro.

Al escribir esas pocas líneas, sin embargo, me di cuenta de que había abierto una puerta que le otorgaba a Nela, sin pretenderlo, el atisbo de una personalidad más allá de cualquier punto de vista relacionado con la familia. De repente, a través de una narración mínima, Nela adquiría de nuevo vida propia; aunque se tratase de una vida minúscula, que tan solo aparecía en una esquina, de pasada. El apreciar la fuerza que Nela podía tener como personaje, sin siquiera haber creado para ella un marco específico, me llevó a entender que Nela tenía que representar algo mucho mayor que el simple papel que le habíamos otorgado en la familia: el del elemento disruptivo, la egoísta destructora; casi una pequeña reencarnación del mal.

Pospuse esta investigación durante un tiempo. Pero las pequeñas muestras de la fuerza de Nela fueron asaltándome cada tanto hasta llegar a *Sonrisas y lágrimas*. A partir de ese momento, acepté que si bien Nela era un hueco imposible de llenar cuyo significado se me escapaba, también representaba un misterio que orbitaba en el mismo centro de nuestra familia.

En la lápida no aparece su nombre. Sí pueden leerse los dos apellidos de la familia sobre una cruz plateada, colocada en escorzo, con dos argollas metálicas a los costados, pero no aparece su nombre por ningún lado.

Se trata de una lápida de mármol blanco con unas leves vetas gris perla. Podría decirse que es elegante, básicamente por su sencillez. Sobre el alféizar, que también es de mármol como los laterales, mi madre colocó en su momento, y allí siguen, un Cristo en una fina cruz de plata con una sencilla base de piedra y también un diminuto jarroncito de cristal color morado, cuya razón para estar ahí desconozco. Nada de tétricas fotos color sepia o simplemente descoloridas por el paso del tiempo como las que menudean en los nichos de alrededor. Nada de frases prefabricadas, siempre de dudoso gusto a pesar de las buenas intenciones, sobre el amor de los padres o el afecto de los hermanos. Tan solo los apellidos de la familia en letras mayúsculas.

No aparece su nombre y, sin embargo, sí está grabada la fecha de su muerte en el costado izquierdo, tras una portezuela de cristal: 25 de noviembre de 1979. Aunque para poder leer la fecha, o para abrir la portezuela con el fin de limpiar el cristal o sacar el polvo del alféizar o colocar flores frescas el día de Todos los Santos, es necesario subirse a una de las enormes escaleras con ruedas que abundan en la Agrupación 12, que es la sección del cementerio donde se encuentra el nicho de la familia.

El cementerio de Collserola abrió sus puertas a principios de los años setenta. Es un cementerio grande, extenso, ocupa ciento setenta hectáreas, aunque la densidad es baja, pues tan solo hay ochenta y seis mil sepulturas. Cuántas veces le habré oído decir a mi madre: No parece un cementerio. Y es cierto que si uno presta atención tan solo a la estructuración urbanística del lugar podría pensar que se encuentra en una suerte de urbanización de protección oficial, construida por algún frívolo arquitecto comunista, realzada por la abrumadora presencia de la vegetación mediterránea.

Durante varios años, mis padres fueron al cementerio todos los domingos para poner flores en la tumba de mi hermana. Mientras fui demasiado pequeño para quedarme solo en casa me llevaron con ellos.

Hubo después una temporada en la que me dejaban en Horta, las mañanas de esos domingos, al cargo de los hijos mayores de unos amigos de la familia que, más o menos por las mismas fechas, habían perdido también a su hija y acostumbraban a ir con mis padres al cementerio. Pero a partir de los once años, la obligación, o la penitencia, según se mire, dejó de afectarme y pude quedarme solo en casa. En cualquier caso, fue un larguísimo periodo de tiempo en el que mis padres cumplieron religiosamente con ese ritual, sin faltar un solo fin de semana y siguiendo siempre el mismo patrón.

Cuando llegábamos en coche a la Agrupación 12, se ponía en marcha una coreografía que apenas sufría variaciones de un domingo a otro. Una vez allí, mis industriosos padres, jamás ociosos, ralentizaban sus movimientos, se lo tomaban todo con parsimonia. Para ellos, ir al cementerio a poner flores junto a la lápida de mi difunta hermana era algo íntimo y privado, lo más cercano que experimentaban a un momento de paz, o de redención tal vez; una paz teñida de dolor y de culpa a las que estaban obligados a someterse.

Yo conocía de sobra todos los movimientos de mi madre: se subía a la enorme escalera con ruedas, retiraba las flores marchitas, sacaba los recipientes de plástico insertados en los floreros metálicos a ambos lados del nicho, vertía el agua sucia en los parterres de abajo, abría la portezuela de cristal con una llave diminuta que siempre llevaba consigo, limpiaba con limpiacristales la portezuela y la lápida, volvía a cerrar la portezuela con la llavecita, bajaba después los escalones, limpiaba los recipientes en la fuente situada más allá de nuestro rectángulo de grava, justo frente al nicho de la familia, volvía a llenarlos, insertaba cuidadosamente los ramos que había comprado en la entrada del cementerio. Entonces, mi padre o yo se los sujetábamos mientras volvía a ascender por la escalera, los embutía en los floreros metálicos y los colocaba meticulosamente, dibujando el único ángulo preciso que le resultaba satisfactorio. Al final, descendía y mi padre o yo empujábamos la escalera sobre la grava para alejarla de nuestro nicho y nuestras flores.

Una vez cumplido el proceso de limpieza y reposición de flores, no nos íbamos de inmediato. Mi madre se dedicaba a estudiar otras lápidas. De algunas, había memorizado las fechas y realizaba comentarios sobre los difuntos como si se tratase de conocidos, comparando la edad de aquellos con la de su hija o la de algún otro miembro fallecido de la familia. De otras, parecía estar al corriente de la frecuencia con la que cambiaban las flores y criticaba con acritud a los que descuidaban a sus seres queridos. Yo también me acostumbré a calcular edades fijándome en las fechas o en los lúgubres retratos que abundaban en aquella época entre las lápidas.

Mi padre solía dar un paseo por los alrededores, observando árboles y arbustos y haciendo comentarios que le llevaban a retrotraerse a su juventud en el pueblo, donde había tenido un mayor contacto con la naturaleza. A veces, cuando era la estación, creo que en el mes de noviembre, recogía madroños rojos que solo él era capaz de comer, más por convicción que por gusto; yo no podía entender que los madroños, que asociaba a Madrid, pudiesen crecer tan cerca de nuestra casa.

Para mí, aquel ritual no tenía sentido. De hecho, temía la llegada de los domingos porque sabía que tendría que pasar por aquel mal trago. Nada más llegar al cementerio, nada más oír el crujido de la grava bajo las ruedas del coche, deseaba salir corriendo de allí. Me sentía atrapado y sabía que solo había un motivo para ello: mi edad. Para mis hermanos tampoco tenía sentido ir al cementerio todas las semanas, les parecía un atraso, una rémora de las costumbres del pueblo, y jamás vinieron con nosotros; ni siquiera en días señalados. Yo ansiaba ser mayor como ellos para no verme sometido a esa absurda obligación. Además, ir al cementerio a visitar la tumba de mi hermana muerta me daba un poco de miedo. No un miedo palpable, sino más bien una sensación de incomodidad en la boca del estómago, una desagradable inquietud con la que no sabía lidiar.

Tal vez se debía a que no tenía muy claro si mis

padres querían ir al cementerio para constatar, una y otra vez, que mi hermana había muerto y de ese modo poder irse acostumbrando a sobrellevar el sentimiento de culpa, o si íbamos al cementerio para alentar, siquiera simbólicamente, la esotérica posibilidad de que mi hermana despertase de su letargo y regresase del otro mundo, librando de ese modo a mis padres de una vez por todas de la pesada carga de la culpa. Creo que a mi padre podía situarlo con más claridad en la primera opción; lo que vendría a confirmar lo absurdo de su esfuerzo, pues jamás se sintió liberado del peso que acarreaba. La opción de mi madre no la tenía tan clara. Estaba empezando a sospechar, y no iba a tardar en tener algunas pruebas fehacientes, de que la muerte de mi hermana había afectado seriamente a su percepción de la realidad.

En otras palabras, creo que mi madre, en esa época, habría optado por la posibilidad de que mi hermana saliese de su tumba y regresase a la vida, sin plantearse siquiera el grado de corrupción de su cuerpo, porque el estado en el que le había sumido su muerte le resultaba insoportable. No tanto por mi propia hermana, no por amor o siquiera por el dolor de su desaparición, sino por el peso de la culpa y, sobre todo, por la incapacidad de entenderse a sí misma como alguien, una madre, una mujer en la madurez, que tenía que acarrear desde entonces y para siempre con una losa insalvable.

Pocas cosas producen tanta repulsión como la exhumación de un cadáver. Hay algo antinatural en ello, es algo que va más allá del tabú. Porque creemos saber lo que enterramos, pero no deseamos saber nada de lo que queda allí dentro, lo que permanece bajo tierra o en un nicho a tres metros de altura. Creemos saber lo que se ha llevado la muerte, pero nos espanta pensar qué no habrá querido llevarse y por qué. Enterramos a los muertos por una cuestión higiénica, religiosa incluso, pero también hay algo de superstición atávica en esa costumbre, en el deshacerse del antiguo receptáculo de una vida; algo que nos incomoda, que nos sobra, de lo que no queremos volver a tener noticia. No nos gusta ser testigos de la corrupción, de la putrefacción de la carne, porque nos recuerda que vivimos sobre una fantasía, que basamos nuestra existencia en una frágil ilusión de pervivencia tejida con valores y principios que, ante la muerte, dejan de tener sentido.

Profanar una tumba, desenterrar a un muerto es, por todo ello, poco menos que una abominación, un acto que merece condena y desprecio para aquel que lo lleva a cabo. Porque no parece existir razón moral alguna, más allá de una posible investigación criminal y aun así la exhumación seguirá resultando dudosa y desagradable, para volver a traer al mundo de los vivos a alguien que lo abandonó para siempre, fuera cual fuese la razón.

Desenterrar a un muerto fue la expresión que utilizó mi madre cuando le dije que estaba investigando la vida de mi hermana y que tenía la intención de escribir sobre ella. Me dijo, literalmente: Tu hermana murió hace cuarenta años. ¿Para qué vas a desenterrarla ahora? Está bien donde está. Tú encárgate de cuidar de los tuyos, de tu mujer y de tus hijos. Deja a tu hermana tranquila.

El poderoso drama

Es sábado. Determinar la fecha es algo más complejo porque el confinamiento ha hecho que los días y las semanas se mezclen y se fundan en un flujo amorfo, sin contornos. Se acerca el verano. Hemos acabado de comer. Nuestros hijos han desaparecido, se han ido a su habitación porque conocen a la perfección cuál es el proceso que va a ponerse en marcha a partir de ese momento: con toda probabilidad, mientras sus padres intentan ver una película o el capítulo de alguna serie, se quedarán dormidos en el sofá.

Pero esa tarde no va a ser así.

Mientras voy cambiando de canal en busca de algo aceptable, una película llama mi atención. Se trata de *Sonrisas y lágrimas*. En ese momento, me alegro de haberla encontrado. Me apetece verla. ¿Te parece bien?, le pregunto a Montse, que, como casi siempre en esas situaciones, acepta mi elección, ya sea aleatoria o buscada, con una mueca que puede expresar tanto resignación como complicidad.

Me gustaría ver la película con nuestros hijos. Ellos saben, y Montse también, que esa película tiene un significado especial para mí, porque se lo habré contado, siempre con la misma intensidad, en unas quince ocasiones. No soy capaz de recordar la última vez que vi la película entera, pero hoy estoy dispuesto a seguir la trama de arriba abajo; no voy a dormirme, decido ya en ese momento. Obviamente, los chicos no me hacen el menor caso.

La película da comienzo. Panorámica de montañas alpinas, en primer término nevadas, después boscosas, tupidas y verdes. Se oye el sutil canto de unos pajarillos en la distancia. Empieza a sonar una flauta dulce, apenas unas pocas notas. Aparece un prado abierto de hierba perfectamente regular. Se aprecia una pequeña figura humana. Es una joven rubia vestida con extrema sencillez. Se trata de Julie Andrews, María en la película. La joven canta. Es el tema «The Sound of Music»: «Las colinas están vivas gracias al sonido de la música...».

Entonces, empiezo a llorar. No es un llanto coyuntural, ligado a la sorpresa del instante y, por tanto, liviano, sino un llanto profundo que parece surgir de mis tripas. No paro de llorar hasta que concluye la primera hora de metraje, cuando el barón Von Trapp irrumpe en la habitación de sus hijos, entrada ya la noche, mientras estos cantan junto a la institutriz «My Favourite Things»: «Simplemente recuerdo mis cosas favoritas y entonces ya no me siento tan mal...».

Detengo la película y le digo a Montse, con los ojos ya hinchados: No sé qué me pasa.

Hoy en día es fácil burlarse de *Sonrisas y lágrimas,* hablar de ella desde la condescendencia y el rechazo que suele mostrarse ante cualquier producto cultural que, tratando temas parecidos, no contenga cierta dosis de ironía; aunque tal vez siempre fue fácil burlarse de esa película. Se trata el tema del nazismo desde una perspectiva ilusoria, retratándolo como un régimen intolerante y peligroso, pero de cuyas garras era posible escapar cantando con auténtica emoción y añadiéndole una pizca de astucia. Es una película ingenua, blanda, de un sospechoso buenismo. Sin embargo, cosechó un enorme éxito, fueron millones de personas las que acudieron a los cines para verla. Además, ganó cuatro Oscars en 1966; entre ellos, el de Mejor Película.

Supongo que *Sonrisas y lágrimas* tiene la capacidad de despertar emociones que remiten a la infancia, al desamparo de los primeros años de vida y a la necesidad de un vínculo de sangre en el que refugiarse de las amenazas del mundo exterior. También es el retrato de una familia destrozada por la desgracia.

En cualquier caso, al día siguiente de ver la película en televisión, mientras paseábamos por el barrio,

Montse y yo nos topamos con una pareja de viejos amigos. Como solemos compartir intimidades con ellos, me dio por confesarles que el día anterior, viendo *Sonrisas y lágrimas,* me eché a llorar y no paré durante las dos horas de metraje. Javier, que así se llama el marido de Mercè, como si mis palabras activasen en él un resorte magnético, se vio impulsado a decir que también lloraba cada vez que veía la película, que no podía evitarlo. Miré a Javier e insistí en mi propio llanto, en la desesperación y la tristeza que me invadió viendo la película. Quise marcar mi propio territorio, como si el hecho de compartir esa experiencia y de encontrar un buen interlocutor hubiese supuesto para mí, de repente, una amenaza. No lo entendéis, no podéis entenderlo, quería decirles en ese momento.

Sonrisas y lágrimas es la primera película que fui a ver al cine. Era el año 1974 y mi hermana Nela me llevó a verla a la sala Atenas, que se encontraba en el número 365 de la calle Balmes, justo por debajo de la Ronda del General Mitre. Era un cine grande, cabían casi novecientos espectadores, y después de haber ejercido durante una época como sala para proyecciones de Arte y Ensayo, desde 1971 se dedicaba a reponer grandes éxitos de décadas pasadas y también a proyectar películas de cine infantil y familiar.

El motivo de que *Sonrisas y lágrimas* sea algo especial para mí, tal como le he explicado a Montse y a nuestros hijos tantas veces, no se debe a la propia película, que en su momento me decepcionó; supongo que, a esa edad, esperaba ver una película de acción y aventura. Tampoco al hecho de que fuera la primera vez que pisaba una sala de cine, pues no era consciente de la trascendencia del momento. Lo significativo es que me llevase Nela, que fuésemos solos, siendo yo además tan pequeño.

Que me llevase al cine y que además fuésemos a ver esa película formaba parte, quiero creer, del empeño formativo que Nela mostraba siempre conmigo, de su voluntad de ofrecerme una educación paralela a la que estaba recibiendo de mis padres; un empeño del que yo no era consciente entonces y que, como se verá más adelante, mantuvo hasta sus últimos días. Quiero creer que, a pesar de sus torpezas y errores, pretendía introducir en mi día a día cierto matiz lúdico y hedonista, al tiempo que disfrutábamos de una historia con valores dignos y positivos, a pesar de su ingenuidad. Me gusta pensar que quería darme a entender que una familia también podía ser así, como los Trapp, que pasaban penalidades pero eran capaces de cantar y divertirse y darse amor y, en última instancia, salir del atolladero en el que se encontraban gracias al esfuerzo conjunto y al cariño entre todos los integrantes. De ahí que me resulte tan difícil entender *Sonrisas y lágrimas* simplemente como otra película cualquiera, por nostálgica que pueda resultarle a mucha gente.

No busco un mensaje cifrado en el desarrollo de su trama o en sus personajes, pero sí creo que el hecho de haberla ido a ver con Nela, solos, contiene la esencia codificada de la personalidad secreta e indescifrable de mi hermana; al menos, las líneas esenciales de su personalidad en ese momento de su vida, con dieciséis años, poco antes de fugarse de casa y cinco años antes de morir en un hospital en Valencia.

En cualquier caso, la incontrolable e inesperada emoción que me causó ver la película *Sonrisas y lágrimas* me obligó a afrontar una cuestión que llevaba posponiendo desde hacía demasiado tiempo. ¿Qué secreto poder atesoraban la vida y la muerte de mi hermana Nela para provocar en mí, cuarenta años después, semejante efecto? ¿Por qué, a pesar de todos los esfuerzos que había llevado a cabo la familia por borrar su recuerdo, Nela seguía manifestándose a través de algo tan ingenuo y alejado de la imagen que yo tenía de ella como un musical de los años sesenta?

Nela nació el 4 de septiembre de 1958 en Oliva de Mérida, provincia de Badajoz, en Extremadura. Ni el terreno urbanizado ni la población de ese pequeño municipio han cambiado mucho en sus últimos ciento setenta años de historia. En la época en que ella nació, rondaba los mil quinientos habitantes, apenas doscientos menos que hoy en día y unos trescientos más que a mediados del siglo XIX. Se trata de un pueblo sencillo, sin ningún elemento destacable a nivel arquitectónico, rodeado por olivares en una zona esencialmente llana, con vocación de cruce de caminos o de lugar de paso, como tantos otros pueblecitos de por allí.

La vida de sus habitantes seguía los dictados de la precaria economía rural; las convicciones morales imperantes eran estrictas y muy conservadoras; respetaban costumbres ancestrales vinculadas a la tierra y a un sistema de castas no formulado de manera explícita pero igualmente férreo y efectivo. Por otra parte, en su cotidianidad todavía estaban presentes las consecuencias de la Guerra Civil; consecuencias que dejaron, por decirlo de un modo amable, un poso de rencor y de rabia que costó mucho transformar en convivencia cívica. Extremadura fue tomada con rapidez por los insurrectos, pero aun así los dos bandos tuvieron tiempo para causar estragos. Mi padre, que vivió todo aquello con siete años, recordaba el sonido de las ametralladoras y también cómo, en mitad de la noche, montaban en los camiones a hombres que sacaban a rastras de sus casas, entre gritos, para llevarlos a dar el famoso «paseo». Tanto mi abuelo materno como el paterno, de hecho, estuvieron a punto de morir fusilados a manos de soldados de los dos ejércitos por motivos absolutamente peregrinos; como peregrinos fueron también los detalles que acabaron salvándoles la vida.

En cualquier caso, a finales de los años cincuenta, era difícil que llegaran a Oliva de Mérida noticias sobre los modernos usos de la capital del país, a pesar de estar sometida a los rigores del franquismo, o las novedades relativas al gran mundo que se extendía más allá de los Pirineos o al otro lado del Atlántico.

Cuando Nela llegó al mundo, ya le esperaba un hermano, Paco, dos años mayor, el primer nieto de la familia. De entrada, no podrían haber sido más diferentes. El uno era rubio y espigado y la otra era menuda y con el pelo negro como el tizón. Paco era un primor de niño y todos en el pueblo estaban encantados con él. Nela tenía el rostro un tanto contraído y, con la salida de los dientes, quedó establecido para siempre su gesto inquisitivo de labio alzado y nariz respingona. Nela se convirtió en la sombra de Paco durante los años que vivieron en Oliva de Mérida.

Tras un noviazgo de más de ocho años, mis padres se establecieron en ese pueblo justo después de casarse —a pesar de que mi madre era originaria de Palomas, a trece kilómetros de distancia hacia el oeste—, porque estaban convencidos de que tendrían más oportunidades de prosperar. Oliva de Mérida era un pueblo más grande y la familia de mi padre, carpinteros desde hacía varias generaciones, disponían de un taller y de una clientela más o menos fija; habían trabajado con cierta asiduidad para un conde de la zona cuyo nombre o título se ha perdido en el recuerdo de nuestra familia. Sin embargo, las cosas no salieron tal como tenían previstas, porque a la escasez de oportunidades reales, debido a los muchos cambios sociales que estaban teniendo lugar en esos años, se sumaba el hecho de tener que vivir rodeados por los muchos hermanos de mi padre y bajo el arbitrario dictado del abuelo Francisco. Así que cuando mi madre volvió a quedarse embarazada, en 1961, decidieron que era el momento adecuado para emigrar a una gran ciudad en busca de posibilidades reales de mejora.

Al final, nuestro padre decidió probar suerte en Barcelona porque uno de sus hermanos, Miguel, ya había recalado en la ciudad catalana y, por lo visto, hablaba maravillas de todo lo que podía llegar a ofrecer en el ámbito laboral; amén de su belleza, de la cercanía del mar, ese elemento atrayente y misterioso para cualquiera criado en mitad de la península, y de las bondades del clima. En Barcelona, y a pesar de haber llegado solo, a modo de avanzadilla, justo después de las terribles inundaciones de septiembre de 1962, mi padre vislumbró un brillante futuro para nuestra familia. Así que volvió al pueblo y, cinco meses después de su primer viaje, se montó con mi madre y mis tres hermanos en un tren desesperantemente lento y se fueron todos a Barcelona para poner en marcha una nueva vida.

Paco tenía seis años, Nela cuatro y Carmen apenas once meses cuando pusieron el pie por primera vez en la ciudad. Mi padre, que ya en aquel entonces se sentía un hombre tal vez demasiado mayor y cansado como para iniciarse en esos menesteres, estaba a punto de cumplir treinta y cuatro. Mi madre, que había nacido pocos meses después de que se proclamase la Segunda República, tenía treinta y dos.

Siempre será un misterio por qué mi padre eligió

establecerse en la calle Gomis, en un barrio tan particular como Vallcarca, justo en la frontera con el selecto Sant Gervasi, y no en una zona más popular y asequible, como las que acabaron eligiendo el resto de sus hermanos y familiares que también vinieron del pueblo, como el Turó de la Peira, Vilapicina o Sant Andreu.

En aquella época, eran pocos los bloques de pisos en la calle Gomis. Abundaban todavía, aunque en un estado de evidente abandono y deterioro, las villas con nombre propio, señoriales casas unifamiliares de veraneo construidas a finales del siglo XIX: pequeñas torres con zonas almenadas, balaustradas roqueñas o barandillas de hierro forjado, pinturas en tonos pastel con motivos florales o mitológicos en las fachadas y amplios jardines a diferentes alturas en la parte de atrás.

Los escasos edificios altos de viviendas que había en la calle Gomis en aquella época, vistos en retrospectiva, conservan en su mayoría un evidente aire franquista, pues fueron fruto del desarrollismo, aunque no todos son feos. En su momento, eran la prueba palpable de que los tiempos estaban cambiando y de que el futuro que había escogido transitar la ciudad no estaba para sutilezas. A Paco, que iba a seguir siendo durante un tiempo el más despierto e inquieto de los hijos, lo primero que le llamó la atención del edificio que había elegido nuestro padre para establecerse fue que en él viviesen muchas familias, no una sola, y que por eso no pudiese correr de aquí para allá a su antojo o hacer ruido de manera indiscriminada.

Hay una foto que muestra a los cinco miembros de la familia, acompañados por el tío Miguel y su esposa y también por el tío Javier —dos de los hermanos de nuestro padre—, en la plaza Catalunya, con una de las fuentes y la fachada de la casa Pascual i Pons al fondo. Acababan de llegar del pueblo. Es una de esas fotos que se hacían para constatar que habían alcanzado el nuevo mundo, para demostrar que habían completado con éxito la travesía. Mis tres hermanos están juntos, vestidos de domingo, ajenos a esa intención: Paco le pasa el brazo por encima de los hombros a Nela, los dos un tanto cohibidos, con Carmen sentada en el suelo, a sus pies, rodeada de palomas y centrada en sus pensamientos. Paco ya no tiene el pelo tan claro, ahora es la pequeña Carmen la que ejerce de rubia de la familia; aunque por poco tiempo. Curiosamente, en esa instantánea, mi padre y sus hermanos tienen un aspecto muy pinturero: van vestidos con ceñidos trajes de dos piezas de colores diferentes, corbata, zapatos de cuero en punta y negrísimas gafas de sol del mismo modelo. Parecen mucho más integrados en el ambiente cosmopolita, en esa nueva realidad, que sus mujeres: mi madre y mi tía Francisca dan la impresión de haber sido arrancadas de su entorno natural por sorpresa y dejadas caer allí, en mitad de la plaza Catalunya, sin previo aviso.

Paco y Nela no iban a tardar en ser inscritos en una academia infantil, uno de aquellos centros privados un tanto irregulares, con uno o dos docentes encargados de todos los alumnos y las materias, a modo de transición hasta llegar a un verdadero colegio; una práctica muy común en aquellos tiempos, tanto por cuestiones económicas como por los problemas de acceso al sistema educativo. Se trataba de la Academia Liceo Verdaguer, ubicada en la avenida de la República Argentina, a unos trescientos metros de casa, por debajo del cruce con la calle Bolívar. No debieron de aprender allí gran cosa, pues Paco únicamente recuerda la manera lenta y ampulosa que el director tenía de escribir la palabra «sobresaliente» en todas las materias de los boletines.

En ese periodo, antes de entrar Paco en la escuela Rius i Taulet y Nela en el colegio La Farigola, regido por la Sección Femenina y rebautizado durante el franquismo como José Bertrán Güell, ambos recibieron la primera comunión en la iglesia de Santa Cecilia, en el paseo de Sant Gervasi; donde también la recibiría mi hermana Carmen en 1970 y yo mismo, meses antes de la muerte de Nela en 1979. En la foto que da constancia del momento, aparecen vestidos de blanco, como un mariscal y una emperatriz en miniatura, con caras extremadamente serias los dos; la fotografía desprende un aire aristocrático totalmente ajeno a los orígenes de nuestra familia. Por lo demás, tengo ahora en mi poder el devocionario que Nela llevaba ese día consigo y que aparece en la foto, entre sus manos, guardado en una cajita de cartón en la que ella misma apuntó, con letra infantil: «Libro de la primera comunión de Manoli Trejo Álvarez Maqueda Muñoz».

En esos años, el piso de la calle Gomis era prácticamente un espacio comunal. Todos los que iban viniendo del pueblo con la misma intención que mis padres sabían que allí, al menos durante unas semanas, podían quedarse hasta conseguir una vivienda estable. Fueron días en los que se celebraban con convicción las festividades, religiosas y paganas, así como los cumpleaños, molestando sin demasiados miramientos al resto de los vecinos cuyos balcones daban al patio de la casa. En un momento dado, llegaron a convivir tres familias, con sus respectivos hijos e hijas, en aquellos noventa metros cuadrados, cada uno de los matrimonios ocupando una de las habitaciones dobles, compartiendo, no siempre de manera civilizada, espacios comunes y estantes en los muebles de la cocina y la nevera. La única hija del tío Miguel y la tía Francisca nació, literalmente, en lo que tiempo después empezamos a denominar la salita, el espacio donde hacíamos vida cuando cesó la costumbre de tomar nuestra casa por una estación de paso.

Eran tiempos de jugar en la calle y de entrar en las casas abandonadas. Había sobreabundancia de familias numerosas en el barrio, apenas pasaban coches, las costumbres respecto al cuidado de los más pequeños eran menos estrictas que ahora y si los niños se quedaban en casa tenían que llevar a cabo alguna labor o bien acababan discutiendo con sus madres o sus padres y recibiendo un azote o un cachete. De todos modos, lo de jugar en la calle era más propio de niños que de niñas. Sé que mi hermano corrió muchas aventuras, algunas de ellas dignas de aparecer en las novelas de Juan Marsé, pero no sé si Nela podía salir a la calle a jugar. Ganas no le faltarían, de eso estoy convencido, pero conociendo el carácter inflexible de mi madre, dudo que se lo permitiese. Tal vez ahí empezó a forjarse la leyenda de la chica que se oponía a las normas. Sé que los tres hermanos jugaban en el patio de casa, eso sí, cuando aún no habían construido el monstruoso edificio del número 62 y los árboles de la riera colaban sus ramas por encima del muro. Lo sé porque hay fotos que lo atestiguan.

Como sé, por el mismo motivo, que durante el verano acostumbraban a ir a la playa de la Barceloneta, a los Baños de San Sebastián, que mi madre prefería a los del Astillero, justo al lado, a los que se accedía atravesando una empalizada con una gran puerta de madera. Hay una foto en la que aparecen mis hermanos posando en la arena, junto a una de las vallas metálicas, que me lleva a pensar, por lo que transmite el ambiente, así como por sus poses y sus trajes de baño, en una época muy anterior, casi la que retrata Woody Allen en *Días de radio;* es decir, los años cuarenta, no finales de los sesenta. Pero es otro detalle de esa fotografía el que centra mi atención ahora: Paco debe de tener unos once años, Nela nueve, Carmen unos seis y, sin embargo, ya es marcadamente más alta que Nela.

Todas esas fotos, así como las que reflejan la vida cotidiana, aquellas en las que se les ve a todos comiendo juntos en la gran mesa de patas de madera labrada en el comedor o las de mis hermanas llevando a cabo labores del hogar o las de los días de Reyes, hablan de una familia moderadamente alegre; humilde, sencilla, pero empujada por un afán superior que, seguramente, se basaba en la confianza casi absoluta en un futuro mejor, más próspero que, a pesar de todo, no se anhelaba con angustia. Incluso aquellas en las que aparezco yo por primera vez, recién llegado de la clínica, recibido con sincera ilusión por mis hermanos, o las del día de mi bautizo, en las que aparecen mis hermanas vestidas del mismo modo, con un sesentero pichi de cuadros y largos calcetines blancos, destilan esa misma impresión.

Pero, de golpe, las fotos se acabaron. Se puso fin a

la crónica fotográfica de la familia inmigrante con ganas de prosperar. Mis hermanos solo volverían a aparecer juntos en instantáneas de actos formales: bodas, bautizos y comuniones de tíos y primos.

Voy a ver a mi madre después de tomar café con un editor para hablar de trabajo; el primer café en la terraza de un bar tras el confinamiento. Voy caminando a su casa desde la plaza Sarrià, deseando que se trate de un encuentro más o menos inocuo, aunque temiendo que se convierta más bien en lo contrario.

Estamos preocupados por la salud mental de mi madre. Tiene ochenta y nueve años, hasta cierto punto es normal que su mente empiece a evidenciar el deterioro, pero durante los últimos meses el proceso parece haber dejado de ser progresivo para dar un salto exponencial. Más allá del mal humor y de sus constantes accesos de rabia, ahora olvida cosas, tergiversa recuerdos, altera de manera arbitraria y exagerada las fechas y, lo que es más preocupante, ha empezado a tener alucinaciones visuales y también temáticas; cree, por ejemplo, haber leído extrañas cartas que no ha recibido nunca. En las labores cotidianas, sin embargo, sigue manejándose con cierta soltura. Ella se aferra a ese detalle, precisamente, para negarse en redondo, casi con violencia, a que acuda alguien a su casa de manera regular para ayudarla. Mi madre vive sola desde que falleció mi padre en el año 2000, y se ha acostumbrado a hacer las cosas a su manera y, sobre todo, a no rendir cuentas ante nadie.

No me quito la mascarilla cuando llego a su casa. Hablamos de cosas intrascendentes, sin verdadero peso, naderías sobre la familia. Pero enseguida todo se complica. A mi madre, sin razón aparente, le da por recriminarme unas antiguas multas de las que, al parecer, tuvieron que hacerse cargo por mi mala cabeza cuando yo era joven. Me dice: Todas las noches ibas en coche a casa de una novia que tenías y te ponían multas que tú tirabas. Nosotros tuvimos que pagar aquellas multas. Insiste durante un rato en el tema, haciendo hincapié en cómo le dolió a mi padre tener que pagar aquel dinero. Desde hace ya unos años, mi madre utiliza a mi difunto padre para toda clase de asuntos; por lo general, con la intención de hacer aflorar el sentimiento de culpa en sus hijos, sea cual sea el motivo.

Para no alterarla en exceso, me limito a intentar que sus iracundas andanadas me causen el menor daño posible. Por esa razón, se me ocurre cambiar de tema buscando uno que pueda incomodarla mínimamente, algo que cause el efecto de una pequeña descarga eléctrica disuasoria, porque ella insiste una y otra vez en que tiene guardadas todas las multas y amenaza con mostrármelas.

Esta estrategia no tardará en parecerme mezquina, porque en breve su salud mental mostrará síntomas serios de deterioro y acabará llegando un diagnóstico médico demoledor. Aun así, lo que le digo en ese momento es: Pues qué mal que hayas guardado esas multas y no tengas guardadas otras cosas más importantes.

De manera elíptica, pretendo referirme con esa alusión al certificado de defunción de mi hermana Nela. Le pregunté a mi madre por él hace un par de semanas, tras la emotiva experiencia con *Sonrisas y lágrimas,* y ella me aseguró entonces que nunca lo había tenido en su poder. Sin embargo, hoy responde: Yo tengo guardado todo lo de Manoli. ¿En serio?, insisto. Me dice que tiene todos sus papeles e incluso ropa suya; después aclara que se trata únicamente del vestido de la comunión. Me dice que tiene el pasaporte, de cuando fueron a Valencia; eufemismo para referirse a su muerte. Asegura que lo vio ayer mismo y que se acordaba de cuando fueron a hacerlo a la comisaría para que pudiera irse a Italia, porque todavía era menor de edad.

Tras ver *Sonrisas y lágrimas,* me interesé por el certificado de defunción de Nela porque me pareció un buen punto de partida, tal vez el único fiable, desde el que tirar del hilo. Después de todo, el secreto que rodeó la causa de su muerte, el problema con la heroína convertido en perforación de estómago por efecto de la vergüenza, fue la primera piedra sobre la que se cimentó el implacable proceso de olvido.

A pesar de lo que afirma mi madre, tengo muy pocas esperanzas de encontrar el certificado o cualquier otro documento significativo, del tipo que sea, en relación con Nela. Pero lo que le digo es si me dejaría ver el pasaporte. Me dice que está en el cajón del armario de su dormitorio. Sé a qué cajón se refiere. En él guarda mi madre escrituras, seguros, resultados de pruebas médicas y también cosas relativas al nicho del cementerio de Collserola.

Remuevo papeles, pero en un principio no encuentro nada. Tal como me temía, pienso. Pero entonces aparece el pasaporte de color verde bajo unos sobres medio arrugados. No exclamo nada, no hago manifiesta mi sorpresa. Solo digo: Aquí está, sí. Apenas lo abro lo suficiente para ver la foto de mi hermana y la fecha de inscripción: 1977. Dos años antes de su muerte. Tenía diecinueve. La mayoría de edad estaba fijada en los veintiuno por aquel entonces, ¿verdad?, le digo a mi madre.

Sigo rebuscando y encuentro lo que será el gran premio de hoy: una billetera de cuero. Se trata de la billetera que mi hermana Nela tenía consigo cuando murió. Al abrirla veo que contiene un par de fotos, su DNI y su cartilla de la Seguridad Social, además de varias tarjetas y retazos de papel. Coloco la billetera y el pasaporte encima de la cómoda de mi madre. Dejo el resto de los papeles bien ordenados, tal como los tenía mi madre en el viejo cajón del armario.

Me levanto, doy una vuelta por la casa sin dejar de hablar con mi madre, que sigue sentada en la cama de su dormitorio. Me planteo abrirme una cerveza, porque creo que voy a dedicarle algo de tiempo a estudiar con detenimiento lo que he encontrado. Vuelvo a la habitación y me siento en el banquito bajo la ventana, frente a mi madre, sin quitarme la mascarilla, e inspecciono mis dos hallazgos. Primero el pasaporte. Dejo la billetera para más tarde, pues sé que contiene mayores incentivos.

Me fijo en las fechas de expedición, de la primera salida del país (31 de mayo de 1978), del primer regreso (29 de noviembre de 1978). Me fijo en la foto. Nela aparece muy poco agraciada; es el peor de todos sus retratos, pensaré después. Aunque en ese preciso instante no sé bien qué pensar, pues no estoy seguro de disponer de una imagen mental más o menos definida de mi hermana Nela; ni a esa edad ni a ninguna otra. Hace mucho tiempo, por lo demás, que no he visto ninguna foto suya, más allá de la que está en el recibidor de la casa de mi madre, ante la que suelo pasar sin detenerme.

El pasaporte, como cabe suponer, todavía luce el águila y la inscripción «Una, grande y libre». Imagino los viajes. Los cruces de fronteras de esos años. Oír hablar en una lengua extraña. La sensación de gran mundo. Cierro el pasaporte y lo dejo de nuevo sobre la cómoda.

Siento una distancia sideral respecto a esos objetos. Noto su energía, su aura, que diría Walter Benjamin, pero no me interpelan personalmente en el terreno de lo anímico, sino desde el intelecto, desde lo racional. De repente, me veo como un investigador, como un cronista serio, formal y tranquilo. Ajeno al tema de estudio y, por lo tanto, capaz de observar con cierto grado de objetividad. Tal vez si enfoco todo lo relacionado con Nela desde ese ángulo, no sufra, me digo; tal vez así no corra el riesgo de echarme a llorar inopinadamente como me pasó con *Sonrisas y lágrimas*.

Mi madre no para de hablar. Yo le contesto con expresiones mínimas, eso la deja calmada, en condiciones de trazar un discurso con cierta lógica y sentido, olvidada durante unos minutos de su inquina, de su voluntad de hacer sentir culpables a sus hijos sea cual sea el motivo. Aunque a ratos llora al hablar de mi padre, al reflexionar sobre lo pronto que nos dejó.

En la billetera está el DNI de mi hermana Nela, expedido también en 1977. Recuerdo que a esos carnets de identidad siempre se les arrugaban las puntas de plástico. En la billetera también encuentro dos fotos. En una de ellas, Nela apenas me resulta reconocible. Está medio de lado, con la camisa abierta o un escote muy pronunciado, mostrando la mitad de un seno cubierto con un sujetador oscuro, sentada junto a un tipo melenudo, con bigote y barba de cuatro días, que fuma; parece uno de los hermanos Dalton, los archienemigos de Lucky Luke. Es Valerio, el que fuera la pareja de Nela hasta su muerte. Cuando se lo señalo en la foto, mi madre, cuyos pensamientos siguen su propio curso, me dice que tiempo después de la muerte de Nela siguió enviándoles flores, de vez en cuando, para que las llevasen a la tumba de mi hermana. Aprovechando ese hilo, le pregunto a mi madre si Valerio pasó por casa alguna vez tras el entierro, porque tengo la oscura y brumosa impresión de haberlo visto ahí, en esta misma habitación, hablando con mis padres. Pero no obtengo respuesta.

En la otra foto, que sin duda es anterior, aparece Nela sentada en el suelo de una calle o plaza, con la espalda recostada en un edificio antiguo, de piedra. Viste vaqueros, camisa holgada, de color claro, y lleva zapatillas de deporte. A su lado tiene un capazo de mimbre. Al observar su rostro sonriente con atención, al que tampoco soy capaz de asociar recuerdo alguno, pienso que, al menos en esa foto, se da un aire a mi madre; algo que, hasta ese preciso instante, jamás se me habría ocurrido pensar.

Luego está la cartilla de la Seguridad Social. Es de las antiguas: una serie de tarjetas de papel metidas en una funda de plástico que podía doblarse en dos. En una de las tarjetas, escrito a máquina, con algunas inscripciones a bolígrafo, aparece su nombre, también el nombre de nuestros padres, su lugar y fecha de nacimiento, todo ello marcado con un sello ministerial y la fecha del año 1977. Por la parte de atrás, en otra de las tarjetas, los nombres de los médicos que le correspondían. Me llama la atención que el consultorio en el que pasaban visita dichos médicos estuviese en Sant Cugat del Vallés. Es decir, mi hermana Nela tuvo un trabajo con contrato, algo que desconocía, mientras estuvo viviendo en La Floresta, no mucho después de marcharse de casa. Es un documento oficial, no tiene fotografías ni más atractivo que el hecho de ser una muestra evidente del paso del tiempo, aunque no por ello resulta menos enigmático. ¿Qué trabajo sería para que tuvieran que darla de alta en la Seguridad Social? Nadie de la familia lo recuerda.

Mi madre sigue hablando, inmersa en un discurso que nada tiene que ver con el camino que yo he empezado a recorrer. De momento, no voy a rebuscar más en el cajón. No voy a memorizar lo que hay escrito en el reverso de las fotografías ni los nombres de instituciones o personas de las tarjetas supuestamente vinculadas a posteriores trabajos de Nela, ya instalada en Valencia. La intensidad y la sorpresa de los descubrimientos me lleva a conformarme con lo que se me queda grabado en la retina: las diferentes versiones del rostro de mi hermana. Es mucho más de lo que podía esperar cuando entré en el dormitorio de mi madre, a pesar de no tener noticia alguna del certificado de defunción.

La fotografía del DNI, la del pasaporte y las dos instantáneas en blanco y negro de Nela en Barcelona y Valencia parecen dispararse hacia el espacio exterior impulsadas por una fuerza centrífuga constante. Esas imágenes de Nela no apuntan hacia la resolución, por lejana que sea, de un misterio, sino que certifican la esencia irrepresentable de dicho misterio, la imposibilidad de condensarlo.

Pero, de algún modo, esas fotografías le otorgan también existencia a lo que hasta ahora, en mi conciencia, tras todos los años de olvido, era poco más que un nombre. A partir de ese momento, Nela deja de ser una mera conjetura. De repente, existe, aunque apenas es una débil señal de radio proveniente del espacio exterior, un atisbo de radiación atómica registrado por un medidor eléctrico. En cierto sentido, tengo la impresión de verla por primera vez. Quizá porque la veo con ojos de adulto y eso me obliga a pensar también en ella como si fuese una desconocida, alguien que no se corresponde con la idea que yo tenía de mi hermana. Nela empieza a ser para mí el rastro de una explosión ocurrida mucho tiempo atrás, al igual que dicen de las estrellas distantes, una entidad sin forma que se hubiese negado obstinadamente a quedar borrada por el olvido.

Lo primero que Carmen comenta de Nela es que cree que era superdotada. Tenía una inteligencia excepcional que, ya desde muy pequeña, le llevaba a entender ciertos aspectos peliagudos de la vida con gran rapidez, con precocidad incluso. Carmen añade que, por ese motivo, Nela la trataba como si fuese boba.

Paco, de entrada, dice que sabe muy poco de ella y, de hecho, va a costar horrores que cuente algo de cuando Nela era niña. Lo que sí parece tener claro es que no era superdotada ni tenía altas capacidades. La define más bien como listilla, resabiada y metomentodo. Llega a compararla incluso, literalmente, con esos niños que se crían en la calle y, que a pesar de su escasa edad y de no tener estudios reglados de ningún tipo, se las saben todas y se buscan muy bien la vida. Me dice que Nela era algo así, que sabía fijarse, que sabía ver, que sabía sacarle partido a esa clase de cosas que no se aprecian a simple vista. Pero asegura que no le parecía especialmente inteligente. En ese sentido, Paco pone mucho empeño en no idealizarla.

Era muy rebelde, dice Carmen. No se plegaba a las normas que no lograba entender o que no compartía. Su oposición, llegado un momento, era constante, tanto en casa como fuera. En el colegio La Farigola, perteneciente por aquel entonces a la Sección Femenina del régimen de Franco, a mediados de los años sesenta, tenían que vestir un sencillo uniforme: camisa blanca y falda azul marino. Nela lo odiaba. De hecho, odiaba todo lo relacionado con las normas de esa escuela. Carmen recuerda un episodio muy drástico en ese sentido. La directora del centro, una tal doña Anita, obligaba siempre a las niñas a colocarse en fila para subir ordenadamente y en silencio las escaleras con el fin de dirigirse a sus respectivas aulas. Nela subió ese día las escaleras pisando con mucha fuerza y causando un considerable estrépito. Doña Anita la sacó de la fila con diligencia y le dijo que tenía que subir las escaleras como una señorita. Nela, a modo de respuesta, volvió a subir los escalones dando fuertes zapatazos. Doña Anita le pegó un tortazo. Sin embargo, Nela siguió haciéndolo igual.

En esa escena, Nela debía de tener menos de diez años. Yo imagino a Carmen, tres años más pequeña, escondida en un rincón, observándolo todo, admirada y atemorizada a partes iguales.

Paco también la define como rebelde. Alguien que

todo lo encaraba de frente, sin pararse en matices. Una actitud que mantenía ante cualquier clase de autoridad o de imposición. En casa, con nuestros padres, se comportaba del mismo modo. Se negaba a obedecer sin esconderse, plantando cara desde su escasa altura. Con aquel gesto retador suyo de dientes ligeramente salidos y nariz respingona.

Carmen afirma que se peleaban con frecuencia. Al parecer, Nela le tenía tirria por varios motivos. En primer lugar, porque la calificaba de boba y de inocente; cualidad que a Nela le resultaba particularmente irritante. Quería enseñarle a Carmen las cosas importantes de la vida por las buenas o por las malas. Carmen también supone que le tenía cierta envidia porque era más mona que ella. Nela era bajita, muy morena, con los dientes ligeramente salidos; una versión imperfecta de los rasgos de Paco, muy alejada en cualquier caso de la redondez facial de Carmen, que también era mucho más alta que ella. Además, teniendo en cuenta los parámetros de la familia, Carmen era la buena, la formal y la estudiosa.

Paco insiste mucho en la cuestión del físico. Asegura que Nela se sentía acomplejada por la estatura y porque no era guapa.

A mí me sorprende esa descripción de su persona, habida cuenta del paso del tiempo, aunque, por otra parte, no es algo nuevo para mí porque ya había oído hablar de Nela en casa en términos similares desde que era pequeño. Aun así, pregunto una y otra vez: ¿De dónde le vendría ese temperamento, esa rebeldía? Pregunto si no podría guardar relación, tal vez, con algún tipo de trastorno. En una de las cartas que me quedan de ella, habla de un momento de depresión cuando llegó a Valencia. No obtengo respuesta satisfactoria alguna por parte de mis hermanos; su explicación es demasiado vaga, aferrada a las circunstancias familiares.

Carmen, eso sí, añade un detalle curioso: durante unos años, siendo niña, Nela fue sonámbula.

Esa manera de ser, en cualquier caso, la llevó a no acabar los estudios. Carmen no puede afirmarlo con rotundidad, pero muy posiblemente ni siquiera acabó el bachillerato elemental, según dice. Cuando mis padres la cambiaron de centro, su pista se emborrona, se pierde, aunque después de La Farigola tuvo que estar matriculada en otros centros educativos; todavía era demasiado joven para dejar los estudios. Carmen recuerda levemente un posible paso por el Instituto Maragall. Cuando se lo nombro, también parece sonarle la posibilidad de que llegase a estar matriculada en el Narciso Monturiol de la Vall d'Hebron.

A pesar de no comulgar con ningún tipo de educación reglada, Carmen asegura que Nela era una gran lectora. Tres son los libros que sabemos seguro que fueron suyos: *La familia de Pascual Duarte* de Camilo José Cela, *Lolita* de Vladímir Nabókov y *Hojas de hier-*

ba de Walt Whitman. Lo sabemos seguro porque, hoy por hoy, los tengo sobre la mesa de mi estudio. Pero ¿quién le facilitó esos libros? ¿Quién o quiénes eran sus interlocutores en relación con semejantes lecturas? De eso nada se sabe. Nada. Cabe suponer que debía tratarse de alguien obviamente mayor que ella. En cualquier caso, Nela le pasó después esos libros a Carmen para que los leyese; a pesar de que Carmen era demasiado joven para lecturas de ese calado.

Carmen cambia de tercio y, sin especificar ni aportar detalles concretos, sin aportar prueba o testimonio alguno, me indica que Nela fue muy precoz en cuestiones sexuales. Por cómo lo explica, da la impresión de que cuando se fue de casa, con diecisiete años, en 1975, ya disponía de una experiencia considerable.

Paco ubica el temprano conocimiento de la sexualidad de Nela en lo que antes señaló como conocimientos propios de los niños que se han criado en la calle. Dice, literalmente: Le interesaban mucho esas cuestiones. Paco me da a entender, por varias referencias más o menos directas, que en el barrio eran conocidos sus escarceos sexuales, su experiencia y su tolerancia respecto a esos temas. Otras anécdotas que me refiere Paco en ese momento, en relación con la sexualidad de mi hermana, no guardan ningún tipo de coherencia cronológica y las descarto por falta de fiabilidad.

Yo le digo a Paco que tal vez la búsqueda de conocimiento a través del sexo, o incluso el uso del sexo para otros menesteres, siendo Nela tan joven, podría surgir de un afán compensatorio respecto a su relación familiar, a sus complejos y a esa sensación de no encajar en ningún sitio. A modo de respuesta, Paco me dice que no le gustaba nada su nombre, Manuela, que aquí, en Barcelona, ella creía que nadie lo entendía ni lo aceptaba. Se lo cambió, al parecer, pasando a presentarse como Nela, cuando empezó a frecuentar la plaza Sant Felip Neri.

Tras la primera charla con mi hermano Paco sobre Nela, semanas después de la mantenida con mi hermana Carmen, y aprovechando que habíamos quedado en un bar junto al puente de Vallcarca, paso por casa de mi madre para saludarla y ver cómo se encuentra. Una vez allí, le explico lo que estoy haciendo, entrevistar a mis hermanos como primer paso para llegar a escribir un libro centrado en la figura de mi hermana Nela y la época que le tocó vivir.

Es entonces cuando ella, con cajas destempladas, como si pudiese echar mano de la ira de Dios para indicar lo pecaminoso de mi propuesta, me dice: Tu hermana murió hace cuarenta años. ¿Para qué vas a desenterrarla ahora? Está bien donde está. Tú encárgate de cuidar de los tuyos, de tu mujer y de tus hijos. Deja a tu hermana tranquila.

Mi madre insiste: De la vida que tienes que querer saber es de la tuya. Me dice que creemos saber muchas cosas de mi hermana, pero que no sabemos nada, que ella tampoco sabe nada.

Mi madre está en camisón, a pesar de que apenas son las siete de la tarde, preparada para meterse ya en la cama.

Bajo caminando por la avenida de la República Argentina hasta la plaza Lesseps con la intención de tomar allí el autobús que me lleve de vuelta a mi barrio. Voy agarrado a uno de los escasos recuerdos que tengo de Nela, algo de lo que le he hablado a mi hermano hace apenas una hora; tal vez se deba a la acera por la que transito, tal vez a todo lo hablado esa tarde. En ese recuerdo, estoy en esa misma avenida de la República Argentina, con Nela, unos cuantos números más abajo de lo que todavía entonces era el colegio de monjas Siervas de San José; hoy en día es la escuela Súnion. Estamos en el portal de un inmueble al lado de una farmacia, sentados en el suelo. Junto a Nela hay un muchacho algo mayor que ella, un tipo simpático y divertido llamado Francesc. Son amigos y charlan. En realidad, según me comentará mi hermana Carmen años más tarde, es muy posible que sean algo más que amigos. Él, como también descubriré tiempo después, pertenece a una familia muy adinerada de Barcelona vinculada a unas famosas bodegas de cava. Yo estoy sentado frente a ellos, pensando en mis cosas. No sé qué hacemos ahí. Tampoco sé por qué estoy con Nela. Lo que sí sé es que me gusta mucho ese portal porque dispone de portero automático, algo totalmente infrecuente en esa época. Tiene un montón de botones plateados, de aire moderno, y una rejilla abombada debajo para poder hablar con los vecinos. Nela y su amigo fuman y charlan, sin prestarme demasiada atención. Parecen estar la mar de a gusto, sobre todo ella; incluso se la ve feliz.

Cuando hace un rato le hablé de ese recuerdo a mi hermano, me dijo: En el portal que está por encima de la farmacia había un camello que pasaba chocolate. El recuerdo adquiere así otra dimensión. A mí me parecía un recuerdo agradable, con un aire ingenuo: ellos dos, sentados en el portal, conmigo al lado. Hablan de sus cosas. Yo soy el convidado de piedra. Ahora es posible que se estén fumando un porro. Mi hermana debe de tener quince o dieciséis años.

Yo desciendo por la avenida de la República Argentina aferrado a ese recuerdo. Pero, de repente, justo antes de llegar a la farmacia, tengo la impresión de que lo que me rodea atesora una información secundaria. Y no se trata únicamente de lo que está vinculado al recuerdo en cuestión. Los portales, los edificios, los rincones. Las sombrías escaleras del pasaje de la Costa del Putxet, por ejemplo, que ascienden en dirección al parque. Lo inanimado parece ocultar un mensaje cifrado, una parte de la historia de mi hermana que yo desconozco y que, en ese preciso instante, no sé interpretar.

Todo está sumido en una densa oscuridad, pero desea hablarme, decirme algo que yo debería transcribir. Tras lo visible, puedo notarlo, se ocultan diferentes capas de mensajes encriptados; tal vez imprescindibles, tal vez por completo comunes y corrientes. En cualquier caso, mientras desciendo hacia la plaza Lesseps me posee un ansia extraña, la necesidad de saber y, sobre todo, de contar. Pero intuyo que no podré contarlo de manera directa, pues solo detecto la potencia del impulso. Curiosamente, me siento reconfortado en ese profundo desconocimiento plagado de energía, como a caballo entre dos dimensiones.

A pesar de la frustración que conlleva querer contar la historia de mi hermana, la fragmentaria y breve historia de mi hermana, noto esta noche que no todo ha desaparecido, algo ha quedado impreso en las piedras, en los árboles, en los escaparates.

Desconozco en ese momento la pregunta adecuada para desactivar el mito, para desvelar el misterio de lo que me rodea. Ya he dicho que noto al instante que podría vivir tranquilo sumergido en el desconocimiento, en la sensación de vibrante potencialidad, pero al mismo tiempo sé que estoy obligado a esforzarme para desentrañar la oscuridad del olvido y contar esta historia, ordenarla para permitir que aflore su sentido.

De momento, lo único que puedo desentrañar es

la sensación de que el pasado y el presente coexisten y siguen comunicándose. Puedo captar esta noche que en las calles de esta Barcelona de hoy todavía se esconde, agazapada, la Barcelona que transitó Nela.

Nela se queda con todo. Se fija en todo, lo escucha todo, lo huele todo, pero todavía es muy pronto para que pueda extraer conclusión alguna, por sencilla que sea, y aún más crear con ello un discurso propio. Es decir, todavía no sabe cómo transformar esos datos en conocimiento. Aunque está receptiva al máximo, como si haber dejado atrás Oliva de Mérida, el pequeño pueblo de Extremadura en el que habían vivido hasta ahora, hubiese abierto no solo sus ojos, sino también los poros de su piel. De hecho, en Barcelona incluso el frío es diferente, pues viene acompañado por una desagradable sensación de humedad que impide, cuando se te mete dentro, que puedas librarte de él por muchas capas de ropa que te pongas encima.

Todo es diferente aquí, en particular el tamaño de los objetos y también su número, las cantidades. Las casas y las calles son más grandes y, además, están llenas de cosas: de coches, de tiendas, de carteles y de personas. Aun así, a pesar de la inicial desubicación, de esos primeros larguísimos meses en los que ir colocando cada una de las piezas en el lugar que le corresponde, apenas hace preguntas. Para eso ya está Paco, el inquieto, el pionero, el desvergonzado. Por otra parte, se ha dado cuenta de que la información que nuestro padre o nuestros tíos le dan a Paco no suele resultar satisfactoria. Es como si ellos, los adultos, a pesar de verse obligados a fingir que tienen los elementos bajo control, tampoco dominasen todavía las leyes de la ciudad, no conociesen los nuevos códigos urbanos que, desde que se instalaron en la calle Gomis, rigen sus vidas por completo; después de todo, tampoco hace tanto tiempo que llegaron a Barcelona.

Al igual que ocurría en el pueblo, va de un lado a otro pegada a Paco como una sombra. No es que él se entere mucho más de lo que ocurre a su alrededor, pero es un niño y es aventurado. Le gusta cómo, a veces, la toma de la mano con firmeza y la ayuda a cruzar la calle o a sortear uno de los muchos charcos que se forman en la acera cuando llueve.

Los Jardincillos representan ese territorio medio inhóspito frente al colegio de las Siervas de San José que se extiende en el ángulo que forman, al encontrarse a diferentes alturas, la avenida de la República Argentina, la calle Gomis y la avenida del Hospital Militar, ya debajo del puente de Vallcarca, son una suerte de remanso de paz donde quedan suspendidas temporalmente todas las desavenencias, los roces y las incomprensiones. Además de la gran cantidad de árboles y matojos, entre los que se abren senderos y claros hasta formar un pequeño bosque en miniatura, manejable, en uno de los rellanos de arena, una suerte de bancal a media altura entre República Argentina y Hospital Militar, hay columpios y barras metálicas en las que hacer cabriolas y dejarse ir sin preocupaciones. Rara vez se encuentran allí con otros niños u otras familias. Si hay alguien más allí aparte de ellos, de Nela, Paco y Carmen, se trata siempre de alguno de los nuevos amigos que han hecho en la calle. Niños y niñas en su misma situación, por lo general; es decir, recién llegados. Por todo ello, los Jardincillos, durante esos primeros meses e incluso años, se van a convertir en algo así como un terreno particular de juegos, una suerte de jardín secreto a plena vista.

Desde esa isla salvaje en mitad del tráfico, rodeada de calles pero, a un tiempo, ubicada en un espacio ajeno al ruido y al bullicio, le resulta fácil asimilar todo lo que va viendo y oyendo e incluso oliendo. Digamos que es un buen lugar en el que ir formándose. No tarda en llegar a la conclusión, por ejemplo, de que la ciudad, Barcelona, le gusta mucho más que el pueblo. No tanto porque haya llegado a dominar por completo los códigos que la rigen, pues falta aún mucho para que eso ocurra, sino por un indefinible sentido de la posibilidad: aquí, en Barcelona, pueden suceder cosas inesperadas, aventuras inconcretas, porque lo misterioso está presente. Ni siquiera es necesario utilizar mucho la imaginación, basta con salir a la calle y dejarse interpelar por lo que te rodea; lo visible y también aquello que tiene lugar fuera del alcance de la vista.

No sabe por qué, o mejor dicho no sabría expresarlo de este modo, pero se siente cargada de energía. Porque el pueblo, Oliva de Mérida, con sus marcadísimos límites, con su entorno anodino y callado, favorecía la melancolía, el pensamiento reflexivo, la pasividad en definitiva. Barcelona, sin embargo, parece empujar a la acción. Aunque, obviamente, todavía no sabe cómo o en qué materializar ese empuje.

Todos en la familia parecen haber dejado atrás el estado de pasmo y se han adentrado hace ya algún tiempo en una nueva fase más acorde con el ritmo de la ciudad. Por otra parte, han aprendido a convivir, en el reducido espacio del piso de la calle Gomis, con otras dos familias, con otros dos matrimonios que no van a tardar en traer hijos al mundo: el del tío Miguel y la tía Francisca y el de unos amigos de nuestros padres llegados de un pueblo cercano a Oliva de Mérida: Manolo y Antonia. Es decir, las habitaciones grandes se convierten en pequeños núcleos individualizados, con su propia idiosincrasia. Aun así, la convivencia, a pesar de las tiranteces, de las incomprensiones habituales de aquellos que todavía no han tenido que enfrentarse a la crianza de sus propios hijos, es aceptable e incluso divertida en algunos momentos; sobre todo, cuando toca celebrar las fiestas.

Los requerimientos del día a día eliminan la posibilidad de la nostalgia o de las dudas. Nuestro padre, por ejemplo, se levanta muy temprano, antes de que el resto de la familia se despierte, y se va a trabajar a algún lejano e inescrutable rincón de la ciudad. Pasa el día fuera y regresa muy tarde, cuando Nela ya está a punto de meterse en la cama; a esas horas, Carmen hace rato ya que duerme. Nuestra madre no descansa en todo el día, de la noche a la mañana está ocupada en alguna labor relativa a la casa, y solo se detiene cuando cae rendida después de cenar. Por eso no es extraño que la presión o el control que puede ejercer sobre sus hijos, excepto tal vez la más pequeña, se relativice y sea cada vez más laxo.

Nuestro padre parece bastante ilusionado con el nuevo estado de la familia, con cómo discurren las cosas desde que se instalaron en Barcelona, a pesar de estar soportando unas estrecheces que hasta entonces no habían tenido que sufrir. De ahí que, en cuanto tiene oportunidad, le compra a uno de sus compañeros de trabajo una cámara de fotos y se empeña en dejar constancia gráfica de la nueva vida de la familia.

Nuestra madre no se muestra tan entusiasmada. De hecho, guarda un hosco silencio cuando celebran los pequeños acontecimientos que la nueva vida impone.

Tal vez se deba a que vive, casi en exclusividad, dentro de casa. Apenas sale para comprar en alguna tienda del barrio lo necesario para el día a día; aunque no va a tardar demasiado en conocer y controlar los mercados que están más cerca de la calle Gomis.

A ojos de Nela, nuestra madre es el verdadero sostén de la casa. En su silencio, Nela cree apreciar abnegación y entrega. Tal vez no sea la persona más cariñosa del mundo con sus hijos, pero no parece comportarse de un modo arbitrario. Es cierto que con Paco muestra una mayor tolerancia, aunque es normal porque es el primogénito y, además, es un chico y, más temprano que tarde, acabará siendo un hombre; lo que le exime automáticamente de la intendencia de todo lo relacionado con la casa, porque a él le están reservadas misiones más elevadas, al parecer. Es esa entrega absoluta de nuestra madre lo que lleva a Nela a mostrar buena disposición y diligencia durante esos primeros años en Barcelona. Entiende que ella también tiene que poner de su parte y, además, quiere agradar. Tal vez no sepa hacer muchas cosas, o quizá sea demasiado pequeña, en todos los sentidos, para llevarlas a cabo con plenas garantías, pero le sobra voluntad y, sobre todo, energía. Está convencida de que eso agradará a nuestra madre —porque la entrega es lo único para lo que parece capacitada— y de que sabrá recompensarla mostrándole tal vez algo más de cercanía.

Pero Nela no va a tardar en comprender que nuestra madre no está dotada para esa clase de reconocimientos o recompensas. No con sus hijos; o, mejor dicho, no con sus hijas.

Durante un tiempo, Nela también quiere agradar a Paco. Ha entendido que él, de algún modo, es el futuro de la familia, el que ha de indicar el camino; esa misión más elevada le corresponde a él. Durante un tiempo, Paco les presta atención: ejerce de hermano mayor, les enseña de qué va la ciudad, les habla de todo lo que descubre en sus incursiones por el mundo exterior y juega con ellas en el patio de casa cuando hace buen tiempo. Bueno, tal vez la expresión no sea «jugar con ellas», sino más bien utilizarlas en sus juegos. A medida que el tiempo pasa, por ese y por algún otro motivo, Nela empieza a pensar que Paco las utiliza porque él da por supuesto que están por debajo de la posición que él ocupa en el orden familiar e incluso social; aunque ninguno de los tres hermanos pueda referirlo todavía desde ese enfoque. Paco las quiere, eso es obvio, pero no puede evitar tratarlas desde ese lugar de privilegio; al menos así comienza a entenderlo Nela. Cuando Nela le plantea sus dudas, Paco, que todavía es un niño, no le presta la menor atención, porque para él es como si Nela pretendiese subvertir el orden natural de las cosas, como si quisiese que dejara de hacer frío en invierno o que no lloviese en primavera. Pero en la percepción de

Nela parece que se abre una grieta. Una grieta por la que acabarán colándose conceptos como egoísmo o voluntad de dominio.

Nela comprende, de manera muy sutil, muy intuitiva todavía, con una mezcla de incertidumbre y miedo, que los hombres pertenecen a una especie diferente. Mandan, pero su motivación no siempre —o tal vez nunca— es la más adecuada para el bien común; sobre todo para el bien de las mujeres. Es más, parecen marcados a fuego por bajos instintos e impulsos arbitrarios que no solo la confunden, sino que la incomodan sin saber con precisión la causa. Nela sabe, por ejemplo, que no es lo que podría definirse como una niña mona, guapa. En la familia, nuestros padres le han otorgado ese papel a Carmen; tal vez no de forma directa, verbalizándolo con exactitud, pero sí por comparación o mediante gestos, más o menos evidentes, de rechazo. Sin embargo, ha notado cómo la miran algunos hombres en la puerta del bar, al pasar por delante de ellos, cuando la mandan a comprar o cuando va al colegio. No la miran a la cara, no valoran lo adecuado o no de sus palatales un tanto salidos o de su nariz inevitablemente respingona. Observan su cuerpo, sus piernas de niña al aire bajo la falda corta del uniforme o su pecho todavía plano bajo el pichi de cuadros. Es una mirada desagradable, pegajosa, que denota algo oscuro que nada tiene que ver con ella y de lo que quiere alejarse siempre con la mayor rapidez.

No puede hablar con Carmen de esos temas. Tampoco con sus compañeras del colegio ni con su amiga Rosi, la hija del señor Cecilio. Todas ellas o bien son demasiado pequeñas o simplemente ingenuas, son muchachas formales y obedientes. Ella ya no tiene tan claro la validez de esa clase de posicionamiento, aunque todavía no dispone de un punto de vista alternativo.

A su creciente incomprensión del mundo que la rodea viene a sumarse una noticia sorpresiva y desestabilizadora. En el otoño de 1969, nuestra madre anuncia que está embarazada de nuevo. Nela recibe la noticia con un insólito y muy íntimo escepticismo. No sabe con precisión por qué ese embarazo le resulta extraño, pero entiende que algo no encaja como debería. ¿A santo de qué, después todo el tiempo transcurrido, un nuevo miembro en la familia? En casa no parece imperar la euforia, ni siquiera la ilusión más básica. Nuestros padres no parecen entregados al amor o al cariño imprescindible para dar pie a algo así. Definitivamente, todo lo relacionado con la familia le resulta, con cada día que pasa, un poco más incoherente.

Al poco de iniciarse el mes de abril, nuestra madre se pone de parto y, acompañada por nuestro padre, se encaminan a la clínica privada donde piensa dar a luz al cuarto de sus hijos. Nela sabe que ella ha escogido una clínica privada, La Lactancia, que le va a costar un buen dinero, y no el Hospital Francisco Franco de la Vall d'Hebron, que es el centro público que le correspondería, debido a una serie de noticias publicadas en los medios de comunicación en los últimos tiempo relativas a bebés cambiados al nacer en centros de la Seguridad Social. En cualquier caso, durante los días previos al ingreso nuestra madre la ha estado aleccionando para que sea Nela la que se ocupe de la intendencia de la casa durante el periodo de tiempo que ella esté fuera. Y aunque no ha cumplido aún los doce años, va a ser la mujer de mayor edad en la casa en esos días. Ya hace meses que el matrimonio del tío Miguel y la tía Francisca o de Manolo y Antonia dejaron paso a los dos hermanos pequeños de nuestro padre, recién llegados del pueblo: Eufrasio y Francisco.

A Nela no le hace ninguna gracia la tesitura en la que la mete nuestra madre, pero no se queja y asume el reto, casi como una última demostración, más para sí misma que para ninguna otra persona, de que es capaz de hacer lo que se proponga. Ninguno de los tres hombres adultos ni tampoco Paco, tan parecido ya en sus maneras a los demás varones, siente el menor atisbo de vergüenza por ser incapaces de dar un paso al frente y permitir que sea la niña Nela la que se encargue de alimentarlos y de mantener limpio el hogar, aunque para ello tenga que faltar a clase. En cualquier caso, dadas las circunstancias, Nela cumple con creces. Cabe decir también que extrae de lo ocurrido una lección imperecedera sobre los hombres y sobre la injusticia de la actual ordenación social y familiar.

Cuando ve al nuevo miembro de la familia, siente una tristeza infinita. El bebé es bonito y no da trabajo, va a costar oír su llanto, pero parece tan sumamente indefenso. ¿Qué espacio va a poder ocupar ese frágil ser en una familia como la suya, tan poco dada a la sensibilidad y al reconocimiento? Si los padres se muestran insensibles con las hermanas mayores, no tanto con Paco, ¿cómo se comportarán con un niño dependiente e improductivo? Porque, entre otros detalles, nuestra madre ni siquiera le ha dado las gracias a Nela por ponerse al frente de la casa durante los días que ella ha estado en el hospital; es más, ha encontrado varios defectos graves en su gestión. Y nuestro padre, al que tanto le gusta quedar bien con sus hermanos y amigos en el bar, no ha dudado en burlarse de su torpeza o de lo que él entiende como escasa habilidad natural para manejarse con los asuntos propios de las mujeres.

El sentido de injusticia se suma en la conciencia de Nela a la incomprensión, el asco y la rabia. En el colegio se premia la sumisión, como ha podido comprobar, en casa ni siquiera eso. La decepción que siente respecto a nuestros padres, a los que incluso duda ahora que sea imprescindible tener que respetar, es dolorosa y evidente. Es entonces cuando empieza a desear con todas sus fuerzas hacerse mayor. Porque querer ser niña solo tiene sentido cuando sabes que dispones de un ámbito y de unas reglas que te protegen y te permiten evitar durante un tiempo las inclemencias de la vida real. Si no dispones de algo así, si te sientes a la intemperie cuando deberías sentirte protegida, sin duda tiene que ser mucho mejor ser adulta. Siendo adulta podrá alejarse de nuestros padres, de ese mundo que ellos representan. Podrá conocer la ciudad, esa Barcelona que para ella es aún un misterio.

Esa elaborada reflexión, sin embargo, llegará un poco más tarde. De momento, Nela desea ser mayor porque, ya a esas alturas de su vida, todavía una niña, se le ha acabado el tiempo de jugar.

En los años setenta, Barcelona representaba una esperanza para el resto de España. O, si se prefiere, representaba el atisbo de una posibilidad. La capital catalana, a pesar de ser mucho más pequeña, menos poblada y, sin lugar a dudas, infinitamente menos relevante en el aspecto político que Madrid, se había convertido en la ciudad española más pujante, más llamativa; sobre todo para los jóvenes con inquietudes.

Por una parte, un considerable número de integrantes de la burguesía de la ciudad, nacidos entre finales de los años cuarenta y principios de los cincuenta, sin renegar por completo del capital o del vínculo familiar, estaban dando un giro hacia un enfoque ideológico alejado del de sus predecesores, más acorde con su condición de jóvenes formados intelectualmente según las tendencias en boga en Europa o Estados Unidos, donde algunos de ellos estudiaron o habían estado de vacaciones. Jóvenes capaces y emprendedores, amantes del hedonismo y de la cultura, que llamaban la atención desde hacía tiempo entre la gente más avezada del país por disfrutar de lo que parecía, al menos desde la distancia, un considerable margen de maniobra tanto en el ámbito creativo como social. A los integrantes de ese grupo de fronteras más o menos difusas se les iba a conocer poco después como la *gauche divine*.

Por otra parte, Barcelona, o como mínimo ciertas zonas de la ciudad, tenía asociada desde principios de siglo XX la etiqueta de ser una ciudad más bien tolerante con todo tipo de vicios e incluso prácticas sexuales. De hecho, el Barrio Chino, herencia del pasado portuario de la ciudad, era conocido en Europa como un territorio casi autónomo en el que eran bien acogidos no solo los parias y los delincuentes, sino también los bohemios y los estetas de gustos menos convencionales.

A todo eso venía a sumarse el establecimiento de la inmigración. Los hijos de los llegados a Barcelona desde todos los rincones de España durante los años cincuenta y sesenta, aquellos que, como mis padres, habían caído en la ciudad con la intención de prosperar, se estaban haciendo mayores, como Paco y Nela, y, desde el ansia de la juventud, ya no solo reclamaban posibilidades laborales, también querían participar de todo lo atractivo e interesante que podía ofrecerles su ciudad. Tal vez estaban menos formados académicamente que los hijos de los burgueses, pero compensaban sus carencias con la imparable energía surgida de la privación y con una elevada dosis de conocimientos mundanos aprendidos en la calle.

La curiosa mezcla que conformaba Barcelona le otorgaba a la ciudad un sorprendente aire de libertad, vivida muy a ras de suelo, por debajo del alcance de cualquier radar gubernamental. También la presencia de una palpable energía creativa, que no solo se manifestaba en la irrupción de publicaciones o editoriales, sino sobre todo en el afán de muchos de los habitantes más jóvenes por convertir su propia vida en una suerte de creación artística.

Fueron muchos, por lo tanto, los que llegaron a la Barcelona de principios de los setenta en busca de trabajo y estabilidad, pero después había todo un amplio sector de recién llegados que perseguían sensaciones y posibilidades, que querían disfrutar de una energía que electrizaba el aire y que, al menos desde cierto enfoque, podía definirse como libertad.

En la Barcelona de Nela, sin llegar a ser en puridad una ciudad cosmopolita, se tenía la sensación de que podían pasar cosas. Desde esa ciudad, la Europa de París o Londres parecía estar más cerca. La Barcelona de Nela, por decirlo de otro modo, era en cierto sentido una puerta abierta al gran mundo ubicada en una esquina de la España franquista; un régimen agonizante que no acababa de morir.

A pesar de eso, Barcelona no era lo que hoy denominaríamos una ciudad amable. No estaba pensada para gustar, ni a los lugareños ni a los foráneos. No podía decirse que fuera una ciudad fácil y racional. Los cambios más recientes los habían dictado criterios económicos, la voluntad de generar beneficios con la mayor rapidez y el menor gasto posibles. Nada se había hecho todavía para atraer la inversión de capital extranjero ni la llegada de turistas; entre otras razones, porque todavía resultaba imposible imaginar siquiera algo así. Barcelona, fuera de las fronteras del país o más allá de los países latinoamericanos atentos a la literatura del *boom* y en una situación socioeconómica aún peor que la nuestra, no le interesaba más que a unos pocos aventurados amantes de las emociones fuertes.

Se trataba, a fin de cuentas, de una ciudad gris, a pesar del Mediterráneo y de los montes que rodean el núcleo urbano. Una urbe que, a principios de los años setenta, despreciaba su patrimonio arquitectónico, el famoso *Modernisme* de finales del siglo XIX del que décadas después tanto beneficio se iba a extraer. Una ciudad ruidosa, poco higiénica y sin zonas verdes ni parques, que pretendía transformarse, reinventarse, pero que todavía no sabía bien cómo.

Mi padre nació en Oliva de Mérida, provincia de Badajoz, el 3 de abril de 1929, pocos meses antes de que se hundiese la bolsa de Nueva York. Fue el mayor de ocho hermanos, nacidos con escasa diferencia, en el seno de una familia de carpinteros de raigambre, tratantes también de aceite de oliva. No eran adinerados, pero nunca llegaron a pasar verdaderas estrecheces económicas, ni siquiera tras la Guerra Civil. Por otra parte, la familia estaba bien considerada en el pueblo y alrededores porque no trabajaban en el campo; los veían como artistas, utilizando la acepción más cercana a la de artesano, porque trabajaban la madera y no se ensuciaban las manos con la tierra. Por lo demás, hacían gala de buenas maneras y costumbres y eran todos ellos bastante atractivos y elegantes; mi abuelo, por ejemplo, fue el primer hombre del pueblo en lucir una gabardina.

El padre de mi padre, por diferentes razones que

no vienen al caso, era el niño bonito de la localidad, se le tenía en alta estima y se le reían todas las gracias. Era lo que popularmente se denomina un candil de casa ajena, pues de puertas afuera era todo sonrisas y bromas y de puertas adentro era un déspota egoísta y abusador. No se comportó bien ni con su esposa ni con sus hijos, haciendo uso de una violencia desaforada en infinidad de ocasiones cuando se dejaba llevar por sus arbitrarios accesos de ira. Ese detalle convirtió a mi padre, que tuvo que crecer más deprisa de lo acostumbrado, en el ayudante, el consejero y el paño de lágrimas de su madre. Es decir, tomó parte activa en la crianza de sus hermanos y hermanas.

Mi padre acudió a la escuela del pueblo hasta cumplir quince años, algo totalmente inusual por aquellos pagos, justo hasta el momento en que el maestro, en palabras de mi padre, le dijo que ya no podía enseñarle nada más. Mi padre era un avezado lector de novelas de bolsillo y de aventuras, y aunque nunca llegó a tener verdaderas inquietudes intelectuales, entre sus vecinos, y a pesar de su carácter más bien reservado, era considerado una especie de lumbrera local.

Era un joven alto, delgado, elegante, melancólico y un tanto soñador. Me confesó en una ocasión que le habría gustado ser cantaor de flamenco, que entonaba los palos con bastante tino. Aun así, no le interesaba el mundo de la farándula ni la nocturnidad. Los bares no eran un territorio en el que se encontra-se a gusto, pues además de su carácter discreto no disfrutaba con el alcohol; en muchas ocasiones fingía beber simplemente para que sus compañeros no le diesen la tabarra.

Inició la relación con mi madre cuando tenía dieciocho años y ella casi dieciséis. Se conocieron en el baile que se celebraba los domingos en Palomas, el pueblo de mi madre, a trece kilómetros al oeste de la Oliva. Al principio, trabar amistad no resultó del todo sencillo debido a las reticencias que los lugareños mostraban en relación con los forasteros; trece kilómetros de distancia entrañaban un universo en aquel entonces. Pero poco a poco mi padre fue haciéndose su hueco allí, entre sus contemporáneos y también entre los miembros de la familia de mi madre, porque su discreción le llevaba a ser también amable y cordial; sus buenas maneras, por otra parte, destacaban positivamente en Palomas. Llegado el momento, empezó a pasar la noche en el pueblo, años después de iniciado su noviazgo, para no tener que recorrer en bicicleta la carretera que separaba ambas localidades a altas horas de la noche.

Pero antes, en uno de esos desplazamientos, a finales de los años cuarenta, camino de casa tras una noche de baile y diversión moderada, mi padre vivió una experiencia que le produjo una hondísima impresión.

Al dejar atrás la ermita de San Isidro y afrontar las pronunciadas cuestas del cerro, mi padre se veía obligado a bajar de la bicicleta y recorrer andando ese trecho. Una noche, mientras caminaba por la carretera de tierra, alguien le salió al paso. Notó un ruido entre los matorrales y oyó una voz de hombre que le dijo: Amigo, amigo. ¿Tienes lumbre, amigo? Al poco, vio aparecer una forma oscura, con brazos y piernas, gorra y barba. Mi padre, que estaba al corriente de la existencia de los maquis y que había oído decir que algunos de ellos, figuras míticas y peligrosas, rondaban por la sierra cercana al pueblo, se echó a temblar. ¿Qué sentido tenía que lo detuviese aquel hombre si no era para causarle algún daño? Como pudo, se las apañó para sacar una caja de cerillas que llevaba en el bolsillo y se la tendió; por aquel entonces, mi padre era todavía fumador social. Aquel hombre, protegido por las sombras y la oscuridad de la noche, se encendió un cigarrillo. Acto seguido, volvió a tenderle la caja de cerillas y le dio las gracias. Mi padre, con la garganta seca, incapaz de separar la mano del manillar, le dijo que podía quedárselas, que no las necesitaba. Y siguió caminando junto a su bicicleta en dirección a Oliva de Mérida, sin que le llegase la camisa al cuello hasta entrar en su casa. No comentó con nadie el incidente y, sin ofrecer justificación alguna, se ausentó de Palomas durante varias semanas seguidas, alterando así sus costumbres. Tan solo cuando se enteró de la detención de unos delincuentes que, al parecer, se habían hecho fuertes en el cerro, volvió a sentirse tranquilo.

Pocos meses antes de ser llamado a quintas, mientras trabajaba cortando unos hierros, una astilla de metal se le clavó en el globo ocular izquierdo. Ni los médicos de la región ni un prestigioso oftalmólogo al que acudió en Santander fueron capaces de salvarle el ojo. Ese detalle fue el que le impidió ser sorteado. Así pues, mi padre no hizo el servicio militar. Siempre me ha dado la impresión de que no haber cumplido con ese deber patrio le resultó un duro golpe, casi una deshonra. Amén de no salir del pueblo para conocer algo más del ancho mundo vestido de uniforme, el saber popular indicaba entonces que durante los dos años de servicio militar los jóvenes se convertían en hombres. Me da la impresión de que mi padre creyó en esa premisa a pies juntillas durante mucho tiempo.

A partir de entonces, mi padre siempre llevaría un parche en el ojo cuando salía a la calle; un parche blanco, hecho con gasa y esparadrapo. Llegó a probar con un ojo de cristal, pero no fue capaz de acostumbrarse a la incomodidad. Cuando yo era pequeño, para restarle gravedad al hecho de tener un padre tuerto, solía bromear declarando que era hijo de un cíclope. Al poco de sufrir el accidente, mi padre, en un alarde de caballerosidad y valentía, le dijo a mi madre, con quien ya llevaba un tiempo de noviazgo, que entendería perfectamente que quisiese romper su relación para buscarse un futuro marido que no estuviese incompleto. Ella no aceptó su propuesta.

Se casaron el 6 de julio de 1955 y se instalaron en Oliva de Mérida, en una vivienda de una sola planta en el número 38 de la calle Espronceda, no muy lejos de la casa donde había crecido mi padre. Allí, mi madre, antes de dar a luz al primero de sus hijos, iba a sufrir un aborto. Pero después nacerían entre esas cuatro paredes Paco, Nela y Carmen. Al parecer, mi padre ansiaba tener su propia familia numerosa, pero la cuenta de hijos se frenó de golpe porque, a pesar del entusiasmo inicial, era mejor soñando con esa familia que gestionando el día a día en casa. No sabía cómo atender a sus propios hijos, labor que dejó por completo en manos de su esposa.

De no haber sido por la insistencia de mi madre, con toda probabilidad mi padre no habría abandonado nunca su pueblo natal. Estaba bien allí y creo que habría sabido adaptarse a cualquier tipo de escasez. Tal vez a él le importaba menos que a su esposa mejorar económicamente. Con toda probabilidad, se debatía entre la pulsión de su mujer por salir del pueblo y la inseguridad que le provocaba la pérdida del ojo.

Instalarse en Barcelona supuso un incentivo en un primer momento. Las posibilidades laborales eran enormes. Se podía dejar un trabajo por la tarde y encontrar otro a la mañana siguiente, con mejores condiciones económicas, además. Durante los primeros años, en los cuales nuestra casa fue, al menos en cierto sentido, una especie de embajada del pueblo en

Barcelona, mi padre estuvo bien; puede decirse incluso que fue feliz. Porque los problemas y las alegrías se compartían, porque no recaía exclusivamente en él el peso de la responsabilidad. Había tiempo para fiestas y celebraciones, por lo que el trabajo en la fábrica de muebles no resultaba tan agobiante.

Pero cuando realmente llegó la mejora económica y la casa se vació de familiares y conocidos, cuando ya solo quedaban mi madre, mi padre y mis hermanos, además de un pequeño bebé llegado, como cabe suponer, de rebote, mi padre empezó a cambiar. Su sentido de la melancolía fue expandiéndose hasta convertirse poco a poco, pero de manera irremediable, en una depresión no diagnosticada; ¿quién se habría atrevido a hablar de psicólogos o psiquiatras en un entorno social como el suyo?

Entonces dejó de ir a los bares de la calle, dejó de frecuentar a amigos y conocidos, dejó de celebrar festividades o acontecimientos varios y, al final, dejó de hacer fotografías, de dar constancia gráfica del día a día de la familia. Nadie se dio cuenta, ni en un principio ni tiempo después, del cambio drástico que estaba teniendo lugar en mi padre; entre otras razones, por todas las dificultades que iba a plantear la entrada en la adolescencia de mi hermana Nela. Las consecuencias de ese camino hacia la depresión crónica se apreciaron mucho tiempo después, cuando empezó a dar rienda suelta a su pesimismo y a sus múltiples terrores; incluso algo tan inverosímil como sus celos en relación con mi madre, una de las personas más secas que yo haya conocido jamás en el trato con desconocidos.

Que mi padre era un hombre chapado a la antigua, como solía decirse, de esos que no estaban acostumbrados a expresar sus sentimientos y mucho menos sus debilidades, lo sabía todo el mundo; después de todo, a aquellas alturas todavía se entendía que los hombres tenían que ser así. En cualquier caso, fuésemos conscientes de ello o no, mi padre pasó de ser reservado a convertirse en una persona retraída, ausente en buena medida incluso cuando estaba presente físicamente. Se manifestaba para negar o amedrentar. Tenía mucho miedo de llegar a la vejez sin dinero, de verse desamparado por completo cuando no pudiese valerse por sí mismo. Le asustaba la posibilidad de que sus hijos dilapidasen su patrimonio, más bien escaso, porque no se fiaba de nadie. Más de una vez le oí mascullar, siendo yo muy pequeño, el horrendo dicho: Cría cuervos...

Le gustaba el fútbol, era seguidor del Real Madrid, pero daba la impresión de que el deporte lo había vivido con más intensidad estando en el pueblo, siendo joven. Le gustaba el flamenco, y tenía algunas cintas guardadas en una caja de madera que él mismo había hecho, pero su colección era muy limitada y no había modo de que creciese. Juanito Valderrama y la Rocío Jurado que se atrevía con los fandangos estaban entre sus preferencias, pero hablaba de esos gustos como algo que hubiese quedado atrás, algo que ya no despertase en él ningún tipo de pasión incontrolable. No tenía verdaderos amigos, más allá de los conocidos que también habían venido de Extremadura, y aun a estos empezó a tratarlos con algo parecido al desdén, porque tendía a encontrarle defectos a todo el mundo. En resumidas cuentas, expresaba con sordina cualquier emoción.

Todo lo ocurrido con Nela, desde las primeras discusiones, pudo con él a pesar de los esfuerzos por seguir demostrando fuerza y convicción. No fue capaz de entender por qué un miembro de su familia no se sometía a los mismos rigores por los que había tenido que pasar él. Entendía su afán de libertad, la defensa del individualismo de mi hermana Nela, como una muestra de desprecio hacia lo que representaban tanto él como la familia que había creado, que no tenía un proyecto o sentido específico, ni por tradición ni por voluntad, pero que en cuanto familia tenía que mantenerse inalterable, a pesar de la arbitrariedad, la incomprensión o el sufrimiento. Como no disponía de recursos afectivos, mi padre echaba mano de los gritos y de la violencia a modo de amenaza. Pero con Nela esa estrategia no funcionaba.

Ahora sé que mi padre se sentía atrapado en tierra de nadie, pues ni estaba totalmente integrado en la moderna Barcelona ni tampoco encajaba ya en las tradiciones ancestrales del pueblo. Siendo muy pequeño, me irritaba su manera de comportarse exclusivamente como un censor, siempre pesimista, incapaz de ver el lado soleado de las cosas.

Ahora entiendo lo mucho que debía de sufrir.

Mi madre nació en Palomas, provincia de Badajoz, el 6 de octubre de 1931, pocos meses después de que fuese proclamada en España la Segunda República. Fue la cuarta de cinco hermanos, dos varones y tres hembras.

Su padre, un hombre menudo y de carácter afable, regentaba un comercio ubicado junto a la entrada de la casa familiar, en el que, entre otras cosas, vendía la leche de sus propias vacas; además, era matarife y comerciaba con todo lo que podía extraerse del cerdo. Gracias a ello, la familia vivía sin estrecheces y siempre disponían de buenos y abundantes alimentos en la mesa. Los domingos, por lo demás, mi abuelo tocaba el acordeón en el baile del pueblo, aunque dejó de hacerlo tras el estallido de la Guerra Civil.

Su madre era una mujer severa, baja y corpulenta, de gesto más atemorizador que adusto o seco. Atormentada por su fealdad, le reprochó a mi madre desde muy pequeña que se pareciese a una de las primas de su padre; cabe suponer que entendería que dicha prima era bien parecida. Al contrario que su padre, que siempre se mostró cariñoso y cercano con ella, mi abuela era implacable con sus tres hijas y las obligaba a realizar tareas impropias de niñas tan pequeñas; como, por ejemplo, lavar las tripas de los cerdos durante horas en el agua helada del río Palomillas cuando tocaba preparar embutidos.

Siempre sometida a la voluntad de mi abuela, mi madre no disfrutó de una verdadera infancia. Apenas gozó de alguna diversión más allá de las inacababples tareas relativas a la casa o al comercio, tampoco tuvo juguetes ni salía a la calle a pasar el rato con sus hermanos, algo mayores que ella y ya dedicados al campo, o con otras niñas del pueblo. Solo tuvo una muñeca, de porcelana, regalo de una de sus tías, por la que sentía un cariño especial. Le hizo una ilusión tremenda recibirla, pues no imaginaba que pudiese llegar a sus manos algo tan lindo. Pero tan solo pudo disfrutar de ella durante medio día: se cayó de la mesa del comedor, se le rompió la cabeza en mil pedazos y, de ese modo, desaparecieron de su vida las muñecas de porcelana hasta cumplir sesenta años, cuando se permitió comprarse una con la que adornar el cabezal de su cama en Barcelona.

Mi madre no llegó a completar un curso completo en la escuela del pueblo. Al parecer, la maestra tenía algún tipo de rencilla o desavenencia con mi abuela o con su familia. De ahí que tratase con displicencia, incluso con animadversión, a mi madre. Y la pobre, a pesar de las ganas que tenía de aprender, tuvo que dejar los estudios por expreso mandato de mi abuela. Mi madre no aprendió a leer o escribir cuando le correspondía, tuvo que hacerlo mucho tiempo después, siendo ya novia de mi padre.

Mi madre se debía a las labores del hogar, pero, además, estaba obligada a encargarse de sus hermanos mayores. No solo cosía sus ropas o les hacía algunas prendas, también tenía que limpiarle las botas cuando volvían del campo; eso fue antes de que mi tío Juan se sacase el carnet de conducir y se hiciese camionero. Es decir, mi madre estaba sometida a todos los miembros de la familia y no tenía derecho a diversión alguna. Eso forjó su carácter en un sentido muy drástico: aprendió a dividir los asuntos de la vida humana entre las obligaciones y todo aquello que no tenía la más mínima importancia. En otras palabras, se arrancó de cuajo la capacidad para disfrutar, para pasarlo bien sin más, reduciendo la sensación de placer a la satisfacción de cumplir con la infinita cadena de deberes que le correspondían.

Aun así, sé que mi madre tuvo un sueño transgresor y fugaz, me lo contó una sola vez y luego no quiso volver a acordarse. En una ocasión, antes de conocer a mi padre, pasó por Palomas una pequeña compañía de teatro ambulante. Además de poner en escena breves diálogos dramáticos, extraídos seguramente de obras mayores, llevaban a cabo una suerte de espectáculo de variedades en el que hacían malabares y contaban chistes. Mi madre se fijó, en primer lugar, en uno de los actores, un joven galán de pelo trigueño llamado Ricardo. Era muy guapo, me dijo mi madre. Y, en segundo lugar, se imaginó durante unos minutos como una de las malabaristas de la *troupe,* dando cabriolas y lanzando bolas al aire. Durante un rato, se dio permiso para verse viajando de pueblo en pueblo, montada en una de aquellas tartanas, demostrando sus habilidades cada vez que se detenían; siempre cerca de aquel galán de pelo trigueño. Cuando me contó aquel recuerdo, confesó que, cuando yo nací, barajó la posibilidad de llamarme Ricardo.

Mi madre conoció a mi padre en el baile de su pueblo, un domingo. Se vio obligada a acostumbrarse a la presencia de aquel espigado forastero, más alto que cualquiera de sus familiares o conocidos, hasta que, finalmente, como solía decirse entonces, empezaron a hablar. Al cabo de un par de años, el padre de mi madre dejó entrar al futuro marido de su hija en casa y se dio por hecho que la relación iba en serio. *A priori,* para la familia de mi madre, la unión con aquel joven suponía un ligero ascenso social. Mi padre, como se decía por aquellas latitudes, era artista, en su acepción más cercana a la de artesano, trabajaba con la madera y no se ensuciaba las manos con la tierra o los animales. Además, mi padre era un hombre educado y formal, discreto y poco dado a las alharacas o las salidas de tono, capaz de dedicarle el tiempo necesario a su prometida como para enseñarle los rudimentos de la lectura y de la escritura.

No sé si a esas alturas mi madre era todavía capaz de enamorarse. No sé si ya por aquel entonces su incapacidad para sentir placer, para sentirse satisfecha, se había hecho crónica. En cualquier caso, cumplió con lo que cabía esperar de ella y, tras ocho largos años de noviazgo, se casó con mi padre y se fueron a vivir a Oliva de Mérida. Desde el principio, entendió el matrimonio y la familia como una misión marcada por las obligaciones: si se partía desde un punto A había que dirigirse hacia un punto B que, debido a lo difuso de su carácter, seguramente fuera inalcanzable, pero, a pesar de eso, habría que dedicarle todo el esfuerzo posible. El impulso, para mi madre, se basaba en una posible mejora, social y económica. No iba más allá de eso, no pretendía alcanzar un estatus, le valía con el impulso, con querer mejorar.

Por eso seguramente acabó cansándose de lo que Oliva de Mérida podía ofrecerles como familia. Allí se podía crecer hasta un grado muy similar al punto de partida. Por otra parte, estaban bajo el influjo de mi abuelo paterno, que a mi madre no le parecía un modelo; acostumbrada como estaba a su propio padre, siempre cariñoso y comprensivo con ella. Esa cercanía provocó también un efecto secundario extremadamente incómodo y desagradable: empezó a extenderse por el pueblo, nunca se supo por qué, el chismorreo de que mi abuelo y mi madre mantenían relaciones. Cualquiera que conociese a mi madre, en aquella época o en cualquier otra, hubiese sabido que algo así era del todo imposible; por sus férreas convicciones y su sentido del deber, más que por cualquier otro aspecto relacionado con la ética o la moral. Que el personaje ambiguo y desagradable que era mi abuelo tuviese la intención de acercarse a ella o incluso hubiese alardeado de sus posibles escarceos con sus amigos de borrachera ya es otro cantar.

Como remate o espoleta al cúmulo de incomodidades que experimentó mi madre en esos años, vino a sumarse la decepción que sintió respecto a mi padre. Él había insistido mucho en formar una familia numerosa y mi madre se había esforzado por cumplir su deseo, pero una vez que aparecieron los hijos, mi padre se borró de la ecuación; como si se conformase con una paternidad nominal, tal vez obsesionado con los números, para demostrar algo o para acallar temores íntimos. Mi madre sabía que mi padre se había encargado, siquiera en cierta medida, de la crianza de sus hermanos y hermanas, lo cual de entrada parecía suponer una garantía respecto a la crianza de sus propios hijos. Pero mi padre, al parecer, había perdido a esas alturas el interés o la capacidad de hacerlo, posiblemente al comprobar que podía delegar, que tenía al lado una mujer que era capaz de cargar con todas las obligaciones y responsabilidades asociadas al hecho de formar una familia.

Eso no quiere decir que mi madre fuese una mujer atenta y cálida con sus hijos; todo lo contrario. Con el paso del tiempo, empezó a resultar evidente que mi madre tan solo había deseado realmente a su primer hijo, que además tuvo la suerte de ser niño. Los que llegamos después fuimos fruto de la inercia o, por decirlo de otro modo, del proceso que suponía llevar a cabo esa misión llamada familia. También resultó evidente con cierta prontitud que mi madre sentía una animadversión natural hacia el género femenino. Para ella, y lo repetía en numerosas ocasiones con total convicción, las mujeres eran malas, su instinto las llevaba a ser taimadas y traicioneras. Los hombres, sin embargo, podían ser tontos, a veces muy tontos, pero no tenían la capacidad para ser malos; lo que provocaba que resultase mucho más sencillo perdonarlos. Es decir, mi madre fue estricta y fría con mis hermanas, implacable en su juicio respecto a ellas, a pesar de ser dos caracteres opuestos: rebelde una y sumisa la otra. Sin embargo, se mostró siempre absolutamente tolerante y validadora con mi hermano. Las circunstancias de mi tardía llegada me convirtieron en un caso de estudio aparte.

Al contrario que mi padre, mi madre se alegró cuando todos los familiares y conocidos del pueblo se fueron definitivamente de nuestra casa. De algún modo, para ella eso suponía el verdadero pistoletazo de salida para su vida familiar en Barcelona. No había disfrutado con la presencia de sus cuñadas o de las esposas de los amigos de mi padre, no había compartido con ellas ningún tipo de intimidad, por así decirlo. No tenía ningún interés en trabar verdadera amistad con nadie. De hecho, hasta llegar a la tercera edad, no le conocí a mi madre una sola amiga. Por decirlo de un modo más claro, aquello con lo que mi padre disfrutaba para mi madre suponía un suplicio. Aun así, mi madre nunca se quejaba de nada que ella entendiese que guardaba relación con sus obligaciones. Disponía de una energía inagotable, salida de sabría Dios dónde, que también la llevaba a gozar de una salud a prueba de bomba: no recuerdo haberla visto enferma, tumbada en la cama durante el día cuando yo era niño ni una sola vez.

Curiosamente, para mi madre la belleza era un valor. Con toda probabilidad debido a que su padre la consideraba guapa y su madre no lo había sido en absoluto. Platónica sin saberlo, asociaba la bondad a lo bello y la fealdad a lo malo de un modo casi absoluto. Sin embargo, como ocurría con algunos de sus juicios, a veces hacía excepciones. Como con su hija Carmen, a la que nunca consideró buena persona a pesar de ser guapa, sino más bien ingenua, un tanto boba incluso.

Con Nela el tiro le salió directamente por la culata. A pesar de los esfuerzos de mi madre por convertirla en una niña abnegada y obediente, respetuosa con cualquier clase de autoridad, Nela se manifestó siempre, casi desde el principio, como justo lo contrario. Debido a las dificultades que tenía para aceptar de buen grado todo aquello que se saliese de sus estrictos parámetros, para mi madre, Nela se convirtió en su némesis, en su enemiga. Ante ella se dejaba llevar en muchas ocasiones por la violencia, se sentía incapaz de doblegarla, porque Nela era dura y capaz de llegar hasta el final en cualquier discusión.

Tal vez fue la falta de un interlocutor válido, pues había descubierto tiempo atrás que respecto a los asuntos íntimos y personales no podía contar con mi padre, lo que provocó que mi madre ahondase cada vez más en su dificultad para empatizar con los demás. Lo ignoraba prácticamente todo del mundo y parecía no importarle en absoluto. Era capaz de convertir su ignorancia, revistiéndola de ira divina, en un arma arrojadiza. Lo único que le interesaba era cumplir, y hacer cumplir a los demás, con las obligaciones.

Siendo niño, me dolía apreciar la indiferencia sentimental de mi madre, su incapacidad de conmoverse ante la tristeza o el dolor de los que tenía cerca. Hoy en día estoy convencido de que, de haber podido ser diagnosticada, habrían establecido algún tipo de trastorno leve del espectro autista asociado a la incapacidad para la empatía.

La Barcelona de los años setenta en la que vivían mis padres no era la misma de la primera adolescencia de Nela, que tampoco tenía nada que ver con la ciudad en la que viviría mi hermano Paco, guiado por otros sueños y afanes, o Carmen, todavía un tanto ingenua y soñadora.

Mis padres vivían en una Barcelona marcada por el hecho de haber llegado de Extremadura. Se sabían todavía intrusos, sin honra ni orgullo de serlo, y no querían alzar mucho la voz para no significarse, lo que les llevaba a convivir con el rencor provocado por la inadaptación tan solo de puertas adentro. Apenas salían del barrio porque se movían mejor en espacios muy delimitados, y sentían que, en el centro de la ciudad, de algún modo, eran incluso más extranjeros. Mi padre, de hecho, fue uno de esos hombres que iba del trabajo a casa y de casa al trabajo. No le gustaba el cine y dejó de frecuentar bares justo después de mi nacimiento. Mi hermano Paco, casi como si se tratase de un personaje de Buero Vallejo, más que de Juan Marsé, tenía aspiraciones, deseaba medrar. Carmen era demasiado joven aún como para que sus sueños estuviesen realmente definidos.

Nela, por su parte, fue una de esas jóvenes que, ya desde la primera adolescencia, intuyó que algo importante estaba ocurriendo en Barcelona, que estaban desplegándose en la ciudad iniciativas que encajaban bien con su manera de ser. Se fiaba ciegamente de su criterio estético y social, fue de las que creyó que para lograr ciertas metas tan solo había que dar un paso al frente, sin dejarse amedrentar por la vergüenza, y que el viento de la historia, la corriente del cambio, haría el resto del trabajo. Al igual que mi hermano Paco, pero casi en sentido opuesto, supo que la actitud entrañaba, como mínimo, el cincuenta por ciento del triunfo.

Y Barcelona, al menos durante un tiempo, pareció darle la razón.

La llegada de un nuevo miembro a la familia posibilita otro tipo de cambios. Harta de las absurdas imposiciones que sufre en el colegio La Farigola —regido por la Sección Femenina de La Falange—, Nela logra convencer a nuestros padres para que la cambien de escuela. Nuestra madre, centrada por completo en el bebé, así como en sus obligaciones diarias relativas a la gestión del hogar, no presta excesiva atención a la cotidianidad de sus hijos mayores, tiene la guardia baja, y permite que sea la propia Nela la que elija el centro en el que quiere seguir estudiando. No es que disponga de muchas opciones, pero acaba eligiendo el Instituto Narciso Monturiol, en la Vall d'Hebron, más allá del hospital.

Lo cierto es que los tres hermanos mayores gozan de cierta falta de control en todo lo relacionado a los estudios. A Paco, por ejemplo, le han permitido que fuese poco a poco trasladando la energía que debería haber dedicado a su formación académica a otros menesteres: sus relaciones sociales, por ejemplo, o a encontrar un trabajo que le dé acceso al mundo adulto.

Con Nela ha sido un poco diferente, porque el hecho de que se convirtiese en una alumna problemática, en esencia por sus dificultades para plegarse a la voluntad de sus educadoras, en lugar de encender una luz de alarma en el ámbito familiar generó algo parecido al hastío. Por otra parte, los esfuerzos de Carmen por ser una alumna aplicada, algo que en breve provocará que la adelanten un curso respecto a su edad, tampoco han obtenido respuesta en casa; es decir, no son valorados en absoluto.

En cualquier caso, a Nela le hace ilusión dejar atrás esa etapa de su vida y, con apenas doce años, se dispone a afrontar el reto de estudiar en una escuela moderna en la que, para empezar, no tendrá que llevar uniforme; además, el centro es mixto. Un valor añadido para ella es que está lejos de casa, que va a tener que tomar el autobús sola, lo que supone una pequeña aventura urbana diaria.

Ya en las primeras semanas de otoño, cuando recorre el estrecho y concurrido Vall d'Hebron montada en uno de esos enormes y baqueteados autobuses con asientos de madera, se da cuenta de un detalle que, poco a poco, va a ir modelando la percepción que tiene de las cosas y del mundo. No tiene miedo. No le asustan los cambios, al contrario, la motivan. Saberse sola, independiente, incluso a un nivel tan básico, la reafirma en sus primeros pasos hacia la adquisición de una personalidad más definida. Es cierto que todavía siente rabia e incomprensión y también asco cuando nota determinadas miradas; es cierto que tiene más claro qué es lo que no le gusta, qué es aquello a lo que tiende a oponerse de manera natural, sanguínea, más que el destino conceptual hacia el que tiene que encaminarse. Pero cree encontrarse en una posición más adecuada para dar los siguientes pasos.

Alejarse un poco de casa parece darle aire.

El Instituto Narciso Monturiol está ubicado en el barrio de Montbau, una zona residencial de reciente construcción formada por una serie de bloques de viviendas baratas, de aire geométrico y ordenados de manera racional en la falda de la montaña, junto a las instalaciones del Hospital Francisco Franco. Dichos bloques, inspirados muy libremente y de forma tardía en el movimiento Bauhaus alemán, fueron construidos para alojar a trabajadores inmigrantes llegados de otras partes de España. En ese momento, primeros años setenta, la zona tiene un aire austero y fronterizo, casi neorrealista. Desde la puerta del instituto, por otra parte, pueden verse, no muy lejos ya del Laberinto de Horta, las dos enormes esferas metálicas de los depósitos de gas, conocidos popularmente como «los huevos de Porcioles», alcalde de

Barcelona en esa época, famoso por su megalómano sentido de la desproporción.

Durante el primer año en el nuevo instituto, Nela cursa segundo de Bachillerato Elemental y pone todo de su parte para sacarle el mayor partido posible a lo que le enseñan, pero lo cierto es que, a pesar de su buena voluntad, la experiencia es, como mínimo, decepcionante. A pesar de que el centro es nuevo, de que disponen de impecables pupitres y pizarras inmaculadas, los profesores y las profesoras siguen empeñados en tratar a su alumnado de un modo antiguo, autoritario y sin fisuras; lo cual imposibilita el diálogo, el verdadero descubrimiento que tanto desea Nela. Solo a una profesora, la de Lengua, de poco más de veinte años, llegada del sur de España, parece interesarle el carácter y el desarrollo personal e íntimo de sus alumnos. Es la señorita Ramos, aunque insiste en que la llamen María José, lleva gafas y el pelo largo, pero suele recogérselo en una cola de caballo, siempre viste pantalones y fuma en clase.

Con el paso de los meses, Nela llega a pensar que María José es la primera profesora que se interesa por ella, por sus puntos de vista y sus opiniones. La prueba de ello es que, en más de una ocasión, se ha quedado después de clase para comentarle alguno de los ejercicios que han hecho y para hablar de otras cosas. Cuando se entera de que Nela nació en Extremadura, por ejemplo, lleva a cabo un sencillo movimiento que va a poner en marcha una cadena de imprevistas consecuencias. Un par de semanas antes de los exámenes finales, le presta un libro: *La familia de Pascual Duarte,* de Camilo José Cela. No le dice nada respecto a la motivación de dicho préstamo ni tampoco le da pistas de qué podría extraer de la lectura. Tal vez por eso, por el asombro y la extrañeza de ese gesto, Nela tarda en iniciar la lectura. Acaba el libro cuando ya han finalizado las clases, por lo que no va a poder devolvérselo a su profesora María José hasta después del verano.

La lectura de *La familia de Pascual Duarte* le supone un verdadero *shock.* Leer las desventuras de aquella familia en un pequeño pueblo a dos leguas de Almendralejo le obliga a pensar en sí misma y en algo a lo que nunca le había dedicado ni un minuto desde que llegó a Barcelona: su lugar de origen. No solo piensa en un punto geográfico concreto, esa Extremadura rural lejos de todo, sino en unas costumbres y, sobre todo, en una visión de la existencia marcada por el sentido de la fatalidad, la desesperación y la violencia. Porque Nela, como si de una revelación religiosa se tratara, acepta lo que esa novela cuenta como una verdad absoluta. En ella se habla de la ausencia de cultura, de lo ancestral como carga, de la cerrazón y de la falta de perspectivas; algo que Nela intuye relacionado con su familia —y, por extensión, con su lugar de origen—, desde hace ya algún tiempo. Nela da por válido ese retrato, pues reafirma y plasma con claridad su propia visión de las cosas e incrementa sus ganas de dejar ese mundo atrás.

Nela está deseando poder hablar con María José de todo lo que ha pensado sobre el libro, durante un largo y aburrido verano en el que, debido a las apreturas económicas —gracias a Dios, pensó Nela—, no han podido ir de vacaciones al pueblo. Pero al reemprender las clases, Nela se topa con una desagradable sorpresa: María José ya no es profesora del centro, al parecer se ha ido a vivir a Ibiza. Para contrarrestar la desilusión, pero también como un acto de reafirmación personal, el primero de muchos que va a llevar a cabo a partir de ese momento, Nela se dice que ahora el libro de Cela es suyo y, para certificarlo, escribe su nombre en la primera hoja del ejemplar de Ediciones Destino: Manuela, no Manoli. Lo escribe con «a» de imprenta, no redonda, pues le parece más propio de alguien que ya ha superado la niñez.

Es su primer libro, porque mediante la lectura se lo ha apropiado; su primera lectura de verdad.

El segundo curso en el Instituto Narciso Monturiol va a trazar un pronunciado descenso hacia el aprendizaje de la decepción. Con cada semana que pasa, más le cuesta a Nela encontrar la motivación suficiente para tomarse los estudios en serio. Existe un marcado desfase entre lo que ve a su alrededor, sobre todo las escasas noticias que, con cuentagotas, van llegando del mundo exterior, de Europa y Estados Unidos, y lo que le explican en el aula. ¿Para qué sirven en el mundo real —el mundo de las personas y de las relaciones, un mundo sumergido en un cambio imparable— las raíces cuadradas o los complementos circunstanciales? No es que no entienda lo que le explican, porque a esas alturas ella sabe que es inteligente, es que no cree que esos conocimientos puedan ayudarla a encontrar su lugar en el mundo. De hecho, cuando mira a su alrededor, a sus compañeros de curso, le da la impresión de que únicamente se esfuerzan por aprender las materias para que todo siga igual, para que nadie les llame la atención, como si creyesen que hay que pasar por esa etapa de la vida sin hacer ruido y empezar a vivir años más tarde, cuando ya sean adultos y dispongan de dinero y de capacidad de decisión. Pero no es eso lo que ha oído contar de otros lugares —de Francia, de Inglaterra o de California—, donde los jóvenes parecen haber tomado la iniciativa. Por eso ella quiere vivir ya; no quiere postergar cinco, seis o siete años su entrada en el mundo, porque si lo que le espera en la edad adulta es la vida que llevan sus padres... Sin embargo, hasta ese momento tan solo ha empezado a trazar un mapa de aquello que no le gusta, de lo que le incomoda, no de un posible camino de crecimiento en positivo, en el que añadir y no solo restar.

Poco antes de las vacaciones de Navidad, empieza

a fijarse en un alumno del instituto que parece diferente a los demás, menos acomodaticio y condescendiente. Debe de ser uno o dos cursos mayor y lo primero que le gusta de él es que lleva el pelo bastante largo y ondulado, viste siempre, haga frío o calor, una cazadora vaquera y lleva unas zapatillas de deporte de loneta blanca con punta de goma. Siempre va solo, a veces lleva un libro o una revista consigo, y cuando se acaban las clases y sale del colegio se enciende un cigarrillo.

A partir de entonces, no solo se fija en ese muchacho, que acabará sabiendo que se llama Rafael, sino que imita alguna de sus poses; tiene que conformarse con eso porque no hay modo de conseguir dinero para una cazadora vaquera o unas zapatillas de loneta. En lugar de ir en autobús al instituto, por ejemplo, se guarda las monedas destinadas al billete y hace el trayecto a pie, lo que le permite comprar algún cigarrillo suelto en el quiosco que hay en la puerta del hospital. Obviamente, las primeras experiencias en esa materia, siempre a escondidas, serán desagradables, pero Nela acaba pillándole el tranquillo a lo de parecer que disfruta fumando. Con esa actitud decide, poco antes de Semana Santa, acercarse a Rafael, dejando atrás cualquier atisbo de vergüenza o timidez y, poco a poco, día a día, ir trabando con él, cuando se acaban las clases, algo parecido a una amistad. Es más, tras un par de semanas, Rafael le propone un día a Nela saltarse las clases y ella accede, como si hubiese estado esperando ese acto transgresor desde mucho tiempo atrás.

En esa primera cita, se limitan a ir caminando hasta la parte alta de Montbau, desde donde puede verse el hospital al completo, así como una extensa parte de la zona oeste de la ciudad, donde se encuentran algunos de los barrios más humildes. Pocos días después, llegarán andando hasta lo que se conoce como el castillo de Torre Baró, que, a pesar de su aspecto medieval, le explica Rafael, es lo que queda de un proyecto de hotel que no llegó a construirse a principios del siglo xx. Las vistas desde ahí sí son espectaculares.

De momento, Rafael y Nela charlan y fuman tabaco. Hablan de sus anteriores experiencias escolares y de lo que opinan sobre lo que les enseñan en clase en el Narciso Monturiol. Rafael, además, le trae noticias de un mundo que a Nela realmente le interesa. También hablan de libros, o mejor dicho él le habla de libros y le presta varios de los que más le han interesado; una mezcla heterogénea que va de Hermann Hesse a Ray Bradbury. Por otra parte, a Nela le gusta que Rafael se muestre sinceramente interesado en lo que ella dice, que no pretenda imponerse apelando a su mayor edad o su más amplia experiencia vital o cultural. Tal vez sea más dialogante, más cercano, algo impropio de los chicos de su edad, porque no es guapo, piensa Nela. Lleva gafas de cristales bastante gruesos y tiene la nariz ancha y la frente salpicada de acné. Aun así, cuando le habla con ese tono suyo tranquilo pero contundente resulta obvio que quiere impresionarla. Le da a todo lo que cuenta cierto aire mítico y trascendente con la intención de que esa aura le incluya a él también. Le cuenta, por ejemplo, que su hermano, cinco años mayor, estuvo en París hace un tiempo, que vivió las revueltas universitarias..., aunque a una distancia prudencial, porque no le interesa especialmente la política. Le cuenta que su hermano también ha estado en Formentera, en una comuna *hippy*, y que dormía en la playa. Le cuenta que estando de vacaciones en el pueblo de su padre, que está muy cerquita de Rota, en Cádiz, trabó amistad con varios hijos de militares estadounidenses que vivían en la base y que le han hablado de muchos grupos de música y de películas que aquí, en Barcelona, nadie conoce.

Aunque Nela aprecia muy pronto que, más allá de su pose y de sus palabras, Rafael es un muchacho apocado, un tanto temeroso, le cae bien e incluso podría decir que le gusta. Así que no van a tardar en besarse.

Un día en que Rafael trae una chinita de hachís, que le ha sisado a su hermano, y pasan la mañana dando vueltas por las calles del barrio de Horta, el muchacho de la cazadora vaquera le cuenta que en el centro de la ciudad están pasando cosas interesantes y secretas. Al parecer, hay muchos extranjeros, venidos desde América y Europa, que se relacionan con los jóvenes que andan por allí abajo, y comparten ideas y novedades y nuevas maneras de entender el mundo y la familia. Le dice que su hermano ha traído por casa a alguno de esos chicos extranjeros, de pelo largo y movimientos relajados, aprovechando que sus padres no estaban presentes, y que les ha oído contar historias fascinantes y aterradoras sobre cosas que están pasando al otro lado del Atlántico, en países como Chile o Uruguay.

Como cabe suponer, todos esos comentarios alimentan de manera exponencial el ansia de conocimiento y de experiencias de Nela. Ella también quiere oír esas historias de primera mano. Hasta tal punto le puede ese afán que, una tarde, sentados en un banco del parque de la Font del Racó, al pie del funicular que lleva al Tibidabo, Nela le pide a Rafael que le presente a su hermano y a sus amigos. Rafael se muestra reacio en un principio, no parece encajarle la idea, pero después de que Nela le permita adentrarse un poquito más en los misterios de su anatomía, Rafael, a regañadientes, acabará cediendo.

El día en que, por primera vez, Nela va a bajar al centro de la ciudad con la voluntad de convertirse en una persona cosmopolita, al corriente de lo que está ocurriendo en el mundo, tiene muchas dudas sobre cómo vestirse. Aunque en realidad no sabe nada de las personas que conocerá en breve. Ese día van caminando desde la plaza Catalunya hasta la catedral y, desde ahí, adentrándose por un par de callejones, llegan a una recoleta plaza llamada Sant Felip Neri.

Dos cosas atrapan de entrada el interés de Nela: las paredes plagadas de huecos y agujeros de la fachada de la iglesia y la cantidad de gente joven que ocupa todos y cada uno de los rincones, formando grupos diferenciados pero comunicantes. El hermano de Rafael, por lo visto, se encuentra en el grupito sentado alrededor de la fuente. Al fijarse en el rostro de su compañero, Nela aprecia algo parecido al temor o tal vez a una curiosa forma de hastío; Rafael, sin lugar a dudas, no quiere estar ahí. Al verlo, su hermano se sorprende en un principio para, acto seguido, no prestarle la más mínima atención; es decir, Rafael no llega a presentarle a Nela. El hermano, en cualquier caso, parece el retrato de un *hippy* arquetípico, de esos de los que tanto se burlan en algunos programas de la tele: alto, delgado, con pantalones vaqueros acampanados, chancletas de cuero, pelo largo y más bien alborotado con una cinta naranja alrededor de la frente, camisa lila de puños abiertos y un collar de cuentas colgado del cuello.

No es el único de los allí presentes con esa pinta. Todos aquellos jóvenes están sentados en el suelo y charlan y fuman y beben y ríen tranquilamente. Un consistente rumor humano rebota contra las paredes de los viejos edificios que delimitan ese diminuto espacio. Impera un clima que Nela no puede todavía comprender, abrumada como está por la sorpresa, pero que le gusta. Está pensando en eso cuando se les acerca una muchacha de pelo castaño, poco más alta que ella, y le ofrece un porro. Rafael parece contrariado por ese gesto, o tal vez todavía por el implacable desprecio de su hermano, pero Nela lo acepta y le da una calada.

Cuando la chica le pregunta el nombre, dice, por primera vez en su vida de viva voz, que se llama Nela.

Nela era demasiado joven para actuar en solitario, para basar sus decisiones en la pura intuición o en su escasa experiencia vital. Sin duda recurrió a un entorno en el que apoyarse para quemar el puente que la unía con la tradición y el pasado de la familia con tal rotundidad. Sin duda encontró modelos en los que basarse, con los que medirse o compararse, para tener tan claro que transgredir las normas hasta ese punto no era una absoluta locura, como le habían enseñado en casa, sino una opción vital; tal vez incluso una apuesta real por un cambio de sistema. Su confianza en sí misma debía de verse respaldada por un punto de vista externo a su persona. Tal vez ese cambio de enfoque se produjo a través de las relaciones sexuales, como dieron a entender mis hermanos. Quizá se debió a otra cosa. A las lecturas, por ejemplo.

Además de los tres libros suyos que conservo *(Hojas de hierba* de Walt Whitman, *La familia de Pascual*

Duarte de Camilo José Cela y *Lolita* de Vladímir Nabókov), sé que siendo muy joven Nela leyó muchos más autores, entre ellos Carlos Castaneda, Lobsang Rampa o Hermann Hesse. Pero ¿quién le facilitó esos libros? ¿Cómo llegó a esas lecturas? ¿Fue una necesidad personal la que la empujó a dar el primer paso o la inquietud surgió cuando ya disponía de algún tipo de prescriptor cultural?

Marga, la esposa de mi hermano, me cuenta que, por esa época, trabó una breve amistad con Nela debido a su común afición por el cine de arte y ensayo. Nacidas el mismo año, crecidas en la misma calle, aunque en franjas sociales prácticamente opuestas, Marga conoció a Nela cuando empezó a interesarse por mi hermano. Fueron juntas en varias ocasiones a las salas de cine situadas en la confluencia de la calle Muntaner con Diagonal. Marga no recuerda nada de aquellas películas más allá de que eran polacas o tal vez checas o húngaras; cine de la Europa del Este, en cualquier caso, soporífero más allá de la declaración de intenciones que entrañaba ir a ver semejantes propuestas. De Nela le llamó la atención el hecho de que mostrase interés por una vertiente cultural, la del cine intelectual, que, en teoría, según el punto de vista de Marga, no le correspondía por origen social. Compartió con ella otros momentos más allá de las salas de cine. Tejer con lana, por ejemplo, una afición que Marga trajo a nuestra casa antes de empezar a salir con mi hermano. O las excursiones a la montaña. En una de ellas, en Meranges, cerca de Puigcerdà, fue donde Nela animó a Marga a que definitivamente saliese con mi hermano Paco. No tardaron en romper el tenue hilo que las unía, porque Nela frecuentaba de manera mucho más apasionada otros ambientes; la plaza Sant Felip Neri, por ejemplo, o el Café de la Ópera de las Ramblas, donde abundaban los *hippies* y los progres, según comenta Marga. Además, menos de un año después de esa significativa excursión al Pirineo, Nela se fue de casa.

Marga no recuerda a Nela como una chica especial, con algún detalle que la convirtiese en única o inolvidable. Piensa que era una joven normal. Tan solo le resultaba particular de ella su impropio interés por el cine de arte y ensayo que se rodaba en la Europa del Este.

En ese tiempo, Nela mantuvo una muy breve relación sentimental con Francesc, un tipo simpático y divertido perteneciente a una conocida familia catalana vinculada al negocio del cava; el del recuerdo del portal de la avenida República Argentina.

Cuando finalmente doy con él, tras un enrevesado proceso de búsqueda, y podemos hablar, Francesc me lo confirma. Me cuenta que recuerda muy poco de ella, que ha pasado demasiado tiempo y que además su relación duró tan solo unas dos o tres semanas. Me da a entender incluso, de manera muy sutil y elegante, que se acostaron únicamente un par de veces. Pero que la cosa no cuajó entre ellos y no solo lo dejaron, sino que perdieron el contacto por siempre jamás. Supo de su muerte poco después de que se produjese, aunque con cierta confusión respecto a lo que realmente sucedió.

Francesc recuerda a una muchacha muy intensa, muy independiente y fuerte. Con ideas propias, con mucha energía. La conoció a través de Paco, con quien él tenía una mayor relación de amistad. Me dice que es muy posible que fumase porros con Nela, como en mi recuerdo, porque por aquel entonces él consumía mucho hachís y también tomaba ácido con asiduidad; algo que no le fue bien a su salud mental y de lo que se curó, según sus propias palabras, al cumplir con el servicio militar. Sin embargo, nunca llegó a probar ninguna de las consideradas drogas duras, me confiesa. Al hablarle del consumo de mi hermana, muestra, como suele suceder en estos casos, una resignada pesadumbre.

Cuando le pregunto a Francesc por las lecturas de Nela, esperando que me diga que fue él quien le recomendó algunos de aquellos libros, se sorprende y me habla de algo que, una vez más, apunta hacia una dirección misteriosa e inconcreta. Me comenta que Nela tenía otros amigos, un grupo al que nunca llegó a conocer porque ella no se los presentó. Le pregunto si cree que ese grupo tenía algo que ver con la plaza Sant Felip Neri y él me responde que es muy posible, que allí la gente se mezclaba, que había mucho movimiento; dando a entender no solo movimiento de personas, sino de sustancias y de ideas, sobre todo.

A modo de cierre de nuestro fugaz encuentro, Francesc me cuenta tal vez el único recuerdo nítido que conserva de Nela. En una ocasión, mientras daban un paseo, entraron en una tienda en los alrededores de la plaza Molina. Haciendo el tonto, a Francesc le dio por robar un despertador. Un despertador metálico, cuadrado, de un color verde casi fosforescente, con dos campanillas en lo alto. Se lo regaló a Nela. Ese despertador estuvo en nuestra casa durante años, inservible porque nadie le daba cuerda, pero presente como una reliquia indescifrable.

Sé también que Nela trabajó durante un tiempo en La Voz de España, la empresa de doblaje sita en la antigua avenida del Doctor Andreu, hoy en día avenida del Tibidabo, que cerró definitivamente sus puertas en 2010. Pero ¿cómo llegó a ese trabajo? ¿A través de los Clasificados de *La Vanguardia* o recomendada por alguien? Carmen me dijo que Nela le propuso que se presentase como candidata para darle voz al personaje de Pippi Långstrump, la serie que estaban doblando allí por aquel entonces y que se estrenó en la televisión española en noviembre de 1974.

Hay otro detalle más asociado a La Voz de España,

en este caso se trata de un recuerdo de Paco. Un día, por lo visto, acompañó a nuestro padre a buscar a Nela a la oficina; no recuerda para qué. Debió de ser en la época en que ya no vivía con nosotros, porque al verlos aparecer Nela echó a correr avenida abajo hasta meterse en la parada de los Ferrocarriles Catalanes para darles esquinazo. ¿Temía que la llevasen de vuelta a casa por la fuerza? Quizá fue entonces, sabiéndose localizada y expuesta, cuando dejó de trabajar allí. ¿Dónde pasaba las noches por aquel entonces? ¿Tal vez en uno de aquellos pisos de estudiantes abiertos a todo tipo de tráfico humano que tanto abundaban en la ciudad y que algunos denominaban comunas?

A pesar de lo que yo podría haber imaginado en un principio, los amigos de Nela tenían que ser, en su mayoría, chicos bien, hijos de la burguesía con aspiraciones rebeldes o contestatarias; como el propio Francesc. Pocos de los herederos del hipismo o de los que se declaraban progres provenían, como Nela, de clase trabajadora o eran directamente inmigrantes. Aunque en lugares como la plaza Sant Felip Neri, al lado de la catedral, unos y otros se mezclaban sin tener en cuenta barreras sociales y económicas. Fue en esos espacios donde creció la semilla de la contracultura barcelonesa e incluso del pensamiento libertario. Ideas surgidas de mentes jóvenes formadas en los mejores colegios de la ciudad y también del extranjero, avivadas por la energía imparable de los marcados por la carencia y la escasez.

Imagino a Nela llegando a esos territorios, lugares como la plaza Sant Felip Neri, feudo de los sueños librescos de aquel entonces, caldo de cultivo en el que permitirse soñar un mundo diferente. La imagino siendo aceptada al instante como una más, sin que a nadie le interesase *a priori* su origen o su formación. Me gusta pensar que encontró gente que pretendía vivir en el presente guiada por la voluntad de compartir, de soñar juntos; ayudados, con toda probabilidad, por algunas sustancias ilegales pero de uso frecuente. No puedo evitar imaginar a Nela alegre, satisfecha, sabiendo que con toda probabilidad había encontrado su lugar después de andar peleándose con todo y con todos desde tanto tiempo atrás.

Alegre como parece estarlo en la foto que encontré en su cartera cuando rebusqué en los cajones de mi madre.

Nela está sentada en el suelo, con la espalda apoyada en la pared de piedra, bajo una ventana antigua enrejada. Lleva tejanos acampanados, deportivas blancas y una blusa de color claro con cuello de pico y solapas. Tiene el pelo algo más corto de lo que acostumbraba a llevarlo y sonríe. Eso es lo mejor de la foto: sonríe abiertamente. Se le marcan los pómulos redondos y entrecierra los ojos. Tiene la boca ligeramente abierta y se aprecian sus dientes superiores, siempre llamativos, siempre un poco salidos. Parece feliz.

La instantánea, lo supe meses después de verla por primera vez en casa de mi madre, tiene varias inscripciones en el reverso. Por lo pronto, hay dos fechas un tanto contradictorias. Debajo del celo con el que la fotografía intenta mantenerse de una pieza —porque está a punto de desintegrarse—, se lee: «Plaza Sant Felip Neri, 11/8/75». Encima del celo, y por lo tanto casi ilegible, por invisible, se lee: «NELA. Septiembre. 1976».

Nela no era una persona cínica, no podía serlo a esas alturas. Más bien al contrario. Se enfrentaba a las cosas de frente, sin tener en cuenta las posibles consecuencias, los daños tanto para sí como para los que tenía alrededor. No se plegaba a ninguna convención que entendiese como falsa o arbitraria. Era una buscadora impenitente, a pesar de su juventud y del entorno social en el que había crecido. Le interesaban las lecturas de enjundia que pudiesen ampliar su horizonte de expectativas. Y, además, lo que a mí más me llama la atención: de todas las posibles películas que proyectaban en Barcelona en aquella época, a mí me llevó a ver *Sonrisas y lágrimas,* un producto cultural sospechosamente buenista que, a pesar de todo, encerraba un mensaje que ella debía de entender como positivo.

A esas alturas, Nela aún no había experimentado

el desengaño que supondría certificar que no iban a cumplirse los sueños de cambio social; aunque los más avispados eran capaces de otear ya que la decepción no iba a tardar en hacer acto de presencia. Estoy convencido de que se fue de casa no tanto para escapar del pasado, sino para ir en busca de un futuro mejor. Un futuro que, debido a sus nuevas amistades, herederos tardíos del Mayo francés y del «paz, amor y flores californiano», y también debido al clima de extraña libertad que se respiraba en la Barcelona de mediados de los años setenta, ella creía tener al alcance de su mano.

Debería conservar un buen puñado de recuerdos de esos años, anteriores a su marcha de casa, en los que Nela tendría que aparecer, siquiera en el trasfondo, pero no es así. Días de Reyes, por ejemplo, cumpleaños de miembros de la familia, noches de San Juan, vacaciones de verano en el pueblo. Es como si ella no hubiese estado nunca allí, como si el voluntario olvido familiar hubiese tenido un efecto retrospectivo. Como si la memoria, guiada por un afán estalinista, la hubiese ido eliminando concienzudamente y sin dejar rastro. De hecho, a veces aún me sorprende toparme con su figura menuda en las fotos antiguas, entre el resto de los miembros de la familia, recién llegados del pueblo a Barcelona, todavía alegres y sonrientes; esperanzados. Cuando veo esas fotos tengo la profunda impresión de que pertenecen a otra familia.

Por otra parte, siempre predomina la extrañeza al ver a Nela en las fotografías, como si se abriese una sima entre su vida y la mía. Como si sus ojos me dijesen: Te miro desde un lugar que está mucho más allá del pasado. Una extrañeza que mezcla el sentimiento de culpa por la carencia de un cariño evidente, de mí hacia ella, y una poderosa sensación de reconocimiento.

Mi primer recuerdo consciente es estar en brazos de mi padre recorriendo los pasillos blancos de un hospital. Tiempo después me explicaron que habían operado a mi madre de la vesícula biliar en la Clínica La Alianza, muy cerca de donde vivo ahora. En esa visita, mi padre me lleva en brazos, desde esa altura, puedo ver a mis hermanos al lado de mi padre, un tanto tímidos o retraídos antes de entrar en la habitación de mi madre.

Ahí está Nela.

En mi mente, he convertido esa imagen en una foto con una composición y una luz muy concretas. Una foto que no existe, claro está, pero que, hoy en día, transmite la inquietante perfección de las fotografías que puede generar, a base de millones de pequeños y grandes datos, una inteligencia artificial.

Durante un tiempo, no sé si meses o más de un año, acudí a un parvulario en la calle Gomis situado casi enfrente de nuestro edificio. Se llamaba Santo Ángel y lo regentaban monjas. En lugar de la bonita casa en la que se ubicaba dicho parvulario, una de las muchas torres de veraneo de finales del siglo XIX o principios del XX que había en nuestra calle, de varias plantas de altura y con un gran jardín que daba a República Argentina, se alza ahora un edificio de apartamentos de obra vista con un paso que conecta ambas calles y un gran supermercado de franquicia. Cuando llegaba la hora de la comida o del fin de jornada, sobre las cinco de la tarde, alguna de mis hermanas iba a buscarme. Una monja con acento caribeño decía mi nombre y yo descendía desde la primera planta por la amplia escalinata. También recuerdo a Nela en la puerta, esperando para tomarme de la mano y llevarme a casa.

Siendo muy pequeño, me aterrorizaba el agua. Odiaba tener que ducharme y que me lavasen la cabeza con un chorro caído desde lo alto. Supongo que tenía miedo de ahogarme. Una de las pocas zurras que me dio mi madre, cuando tenía tres años, fue por salir corriendo por la casa, enjabonado, a medio duchar. Carmen y Paco están convencidos de que fue Nela la que me metió el miedo al agua en el cuerpo. También aseguran, especialmente Paco, que Nela se empeñó en hacerme odiar las aceitunas, tal como ella las odiaba; mi hermano siempre me ha contado esa historia como si Nela dispusiese de una capacidad especial para manipular negativamente a seres débiles e indefensos. Aprendí a ducharme como una persona más o menos normal, pero jamás he comido una aceituna... de manera voluntaria. Aunque es cierto que existe una rama en mi familia, que afecta a tíos, primos y sobrinos, que odia las aceitunas desde tiempos inmemoriales; algo considerado sacrílego o pecaminoso por la mayoría de los miembros de la familia que las adoran.

La tensión y las discusiones eran una constante en casa. Tengo un recuerdo poco fiable, no sé si por autocensura o por su imposibilidad, que nunca he sabido dónde ubicar, pero que se ha negado a abandonarme. Mi madre y mi hermana Nela discuten en la salita. Discuten tan acaloradamente que llegan a las manos. Durante mucho tiempo, al repasar ese recuerdo, creía verlas a las dos revolcándose por el suelo, pegándose e intentando mi madre agarrar a Nela por los pelos; algo que a ella le parecía desleal. Recientemente, he dulcificado esa versión, las veo de pie, mi madre intentando pegarle y Nela agarrándola por las muñecas para impedírselo. Sé que cualquiera de las dos versiones sería factible, pues ni mi madre ni mi hermana Carmen han llegado a desmentirlas nunca. Pero si yo la guardé en un rincón secreto fue porque tenía la sensación de que no había nada más grave que oponerse de esa manera a la autoridad de una madre o de un padre. De hecho, mi padre utilizaba con frecuencia un dicho o refrán cuando quería referirse a algo moralmente abominable: «Más feo que pegarle a un padre».

Estaba en el baño con mi hermana Nela. Ella tenía en las manos una cajita de madera negra con un paisaje asiático en la tapa; una cajita que ahora tengo en mi poder. Me llevó al lavabo para contarme algo. Yo debía de tener cuatro o cinco años. Me habló de viajes astrales. Es decir, de cómo a través de una experiencia trascendente era posible abandonar el propio cuerpo físico y desplazarse de un lugar a otro mediante la conciencia. Una vez libre del peso de la carne, el viaje podía ser cercano o a miles de kilómetros. Nela me lo contó con mucha emoción y con total convencimiento. Yo escuché sin pestañear. Era un niño, por lo tanto no me resultó extraño lo que me explicó. De hecho, la creí a pies juntillas. Afirmó que era posible llevarlo a cabo mediante la práctica, que era algo real, no una fantasía. Muchos años después, sabiendo que

Nela no tenía una especial tendencia a lo esotérico, supongo que el tema de los viajes astrales en ese momento debió de surgir como influencia de sus múltiples y eclécticas lecturas, su etapa de autoformación basada en recomendaciones de conocidos mayores que ella y de libros a los que Nela llegó por intuición, alejados de cualquier propuesta académica. En esa época, por ejemplo, estaba muy de moda *El tercer ojo*, del falsario Lobsang Rampa; libro que leyeron mis tres hermanos. También causaban furor en aquel tiempo los libros de Carlos Castaneda, que Nela le recomendó fervientemente a Carmen algún tiempo después.

En cierta ocasión, Nela me llevó con ella a conocer su trabajo en La Voz de España, el lugar donde se doblaban al castellano series y películas extranjeras; aunque nunca he sabido a qué se dedicaba ella concretamente. En mi recuerdo, ir hasta la avenida del Doctor Andreu fue poco menos que un viaje exótico. A pesar de estar a cinco minutos a pie de casa, era una zona que pertenecía a otro universo de significación urbana. Durante mucho tiempo, esa calle, por donde subía el Tranvía Azul que llevaba al Tibidabo, plagada de lujosas villas de aire falsamente colonial, me llevaba a pensar en las colinas de Hollywood, los bulevares de Beverly Hills, y también en las grandes producciones cinematográficas de los años cuarenta y cincuenta. Supongo que no era extraño vincular esas dos facetas del mundo del cine en un lugar como ese. Las oficinas de La Voz de España, por otra parte, no tenían ventanas, las paredes estaban pintadas de blanco y todo parecía bastante aséptico. No recuerdo haberme cruzado con nadie más cuando estuve allí. Pero, de nuevo, me sentí un tanto decepcionado cuando Nela me habló de la película en cuyo doblaje estaban trabajando en ese momento, *El Principito,* de Stanley Donen, a pesar de que ella creía que a mí me encantaría cuando la estrenasen.

El Principito fue el primer libro que leí voluntariamente, sin ningún tipo de obligación escolar, a los once años, dos después de la muerte de Nela, y desde entonces es una historia que me parece casi insoportablemente triste.

Nela sigue quedándose con todo. Se fija, escucha, incluso registra los diferentes olores. Pero ahora empieza a tener los elementos y la habilidad suficientes para crear un discurso propio con todo ello. Un discurso que habla del mundo que la rodea y, sobre todo, de sí misma. Ciertas cosas, de hecho, las tiene ya muy claras. La primera, que es una mujer valiente. Joven, aventurada y sin miedo. Porque lo cierto es que capta mucho miedo a su alrededor, especialmente entre las mujeres. Un miedo que paraliza, que impide llevar a cabo cosas aparentemente tan sencillas como expresar las propias necesidades u oponerse a aquello que no conlleva nada positivo. Es decir, no tener miedo es una ventaja considerable para moverse por el mundo. No tener miedo, por ejemplo, a que la vean como a alguien diferente, en el mal sentido; es decir, a sentir rechazo. No tener miedo a llevarle la contraria a todo aquel que detente la autoridad, ya sean padres o profesores o, a un nivel más amplio, a la gente anónima que apenas conoce.

Por otra parte, tras varios meses pasando las tardes en el centro de Barcelona, en la Rambla, en la plaza Real o en Sant Felip Neri, ha entendido que, a la hora de presentarse ante el mundo, es mucho más importante el continente que el contenido. En otras palabras, es mucho más importante la actitud que el conocimiento preciso de las cosas. A base de gestos, de posturas, de silencios, no le ha resultado difícil hacerse un sitio entre hombres y mujeres mayores que ella, gente con estudios, gente leída. A ella le ha sido mucho más útil decir una única palabra, reír sarcásticamente o guardar un profundo silencio en el momento preciso, que soltar una estructurada perorata sobre cualquier tema del que se estuviese hablando. Ha entendido que, en la mayoría de los casos, hablar mucho equivale a no decir nada.

Nela ha empezado a sentir, por primera vez en su vida, que tal vez exista un lugar en el mundo para alguien como ella; un lugar favorable, se entiende. Ha empezado a entender que la mayoría de las normas que le han enseñado, en casa y en la escuela, sirven únicamente para limitar a las personas, para encajonarlas, privándoles de la capacidad de elegir libremente.

En los ambientes donde se mueve, Nela ha podido respirar el aire del cambio. Entre toda esa gente joven, desprejuiciada en su mayoría, alegre y heterodoxa, tiene claro que es posible vivir de otro modo, que existen otros caminos más allá de los que indica la castrante tradición. Tal vez, después de todo, no era ella la que estaba equivocada, la rebelde sin causa, la egoísta; tal vez anidaba en ella desde el principio un afán liberador, la imperiosa necesidad de señalar los errores.

Como no podía ser de otro modo, ha dejado de estudiar. El choque con nuestros padres, cuatro meses después de haber asistido a la última clase en el Narciso Monturiol, ha sido de los que hacen época y ni siquiera se ha visto mitigado por su promesa de encontrar trabajo en breve; de hecho, ha empezado a ayudar a una de sus nuevas amigas confeccionando collares y pendientes de artesanía que vende los domingos en un puesto cerca de Colón.

Curiosamente, también ha dejado de ver a Rafael, pues, efectivamente, era un chico lastrado por sus temores y su apocamiento que prefirió mantenerse lejos de la órbita de su hermano mayor. Sí ha seguido manteniendo relación con el grupo de El Rincón, el bar del barrio, donde se reúnen Paco y sus amigos. Es cierto que la relación con Francesc, uno de esos amigos, que tan prometedora le pareció a Nela en un principio, ha acabado siendo un fiasco, porque ella no aguantaba sus maneras de niño rico y mimado. Ha trabado amistad, sin embargo, con otro de los amigos de Paco, José Luis, un muchacho risueño y alegre, aunque con un leve fondo melancólico, que en ningún momento se ha mostrado con ella condescendiente o interesado; ni es el típico machito ni tampoco ha intentado camelarla para tener algo con ella.

Ha conocido a mucha gente en los últimos tiempos. Hombres y mujeres de todo pelaje, en su mayoría buenas personas, llegadas desde muy lejos o crecidas en algún barrio cercano. Gente que, como ella, ha captado la onda del cambio en el signo de los tiempos y está dispuesta a esforzarse por lograr que el mundo se convierta en un lugar mejor. Enseguida ha entendido, por lo demás, que dicha transformación social no tiene mucho que ver con cuestiones políticas, con partidos y con manifiestos o ideales concretos, sino con la convivencia entre personas y con una visión más abierta de la existencia.

En los lugares que Nela frecuenta se habla de política, claro está, de Franco y de ETA y del FRAP y de Pinochet y de las Brigadas Rojas y de la crisis del petróleo... Y ella, que no le ha dedicado mucho tiempo a todos esos asuntos, está de acuerdo con lo que opinan la mayoría, pero oírles hablar la refuerza en su visión hedonista y salvaje de la vida. Como si viniese a decir: Todas esas preocupaciones están muy bien, pero hay otras cosas mucho más interesantes en las que centrarse, aspectos más creativos, lúdicos y útiles.

Un día, conoce a un chileno en el Café de la Ópera que la engatusa hablándole de literatura universal. Como quien no quiere la cosa, la lleva a su casa —en realidad es una sola habitación en un piso compartido en la calle Princesa— y, para acabar de seducirla, casi como si le estuviese enviando un mensaje cifrado no muy sutil, le presta un ejemplar de *Lolita,* de Vladímir Nabókov. El chileno le dice que ese libro está prohibido en España y que lo ha traído consigo desde el otro lado del Atlántico escondido en su maleta; por fortuna, remata, los policías españoles son tan palurdos que no se lo requisaron en la frontera.

Nela no verá nunca más al chileno en cuestión. Se quedará para siempre con el libro y, cuando lo lea, se lo regalará a Carmen, que empieza a sentirse atraída por la literatura a pesar de su aparente ingenuidad. La historia de Humbert Humbert, para Nela, supone la confirmación de sus sospechas respecto al mundo en el que vive: un mundo de hombres que utilizan a las mujeres, sobre todo a las jóvenes, a su antojo, siguiendo el dictado de sus instintos más bajos. Aunque la novela también le sirve para aferrarse a sus convicciones, para convencerse de que es posible alcanzar ciertas metas, la libertad entre ellas, mediante el sexo.

Esa es otra de las características que la definen como persona: el sexo tiene para ella un valor relativo. En su decálogo de vida ha quedado muy atrás lo de la flor que hay que conservar o lo de mantener la virginidad hasta el matrimonio. Nela lleva ya un tiempo conociéndose, sabiendo quién es a través de su cuerpo, una suerte de instrumento que puede hacerla sufrir o que puede darle satisfacciones; así pues, se trata de elegir, una vez más, con libertad. El sexo para ella no solo no es un gran tema, es un camino que puede producir diferentes resultados que van más allá de lo que se practica en una cama. Tiene claro, por lo demás, que si eres tú quien lleva la iniciativa, eres tú quien domina la situación. Para Nela, la revolución sexual, como lo denominan en algunas revistas del momento, algo que para la mayoría de las mujeres es fuente de conflicto por su carácter subversivo y, sobre todo, escandaloso, es un aspecto de las relaciones humanas sobre el que ni siquiera ha tenido que reflexionar en exceso.

En esa época, además de visitar todos los centros que componen el particular mapa de la contracultura barcelonesa, o mejor dicho del «rollo», Nela visita un montón de pisos, apartamentos y casas diferentes. Viviendas, que algunos denominan comunas, donde sus habitantes han establecido nuevos modos de convivencia, más libres, menos restrictivos a todos los niveles. Casas donde la gente entra y sale y el sentido de la propiedad privada no parece importar en exceso; aunque no siempre y no en todos los casos. Pisos donde se mezclan estudiantes y gente que trabaja y también los que están de paso, sin oficio ni beneficio. Los de la ciudad y los de fuera. La limpieza en esas viviendas no es una obsesión, suele imperar en ellas cierto aire caótico y desastrado, pero son el ejemplo material de que es posible hacer ciertas cosas de otro modo. Impera, por lo demás, una suerte de hedonismo desprejuiciado, en el que se bebe alcohol alegremente, se fuman mucha marihuana y hachís y, de vez en cuando, se comparten ácidos. Pero no solo se trata de eso, o al menos eso empieza a pensar Nela.

En una de las visitas a una de esas supuestas comunas cerca del Palau de la Música, una chica le va a ofrecer trabajo en La Voz de España. En otra, no muy lejos de allí, en la calle Comercio, un tipo le va a prestar un libro que Nela leerá de un tirón, en una sola tarde, sentada en un taburete de la cocina. Se trata de *Yonqui,* de William Burroughs. Y su lectura va a suponer para ella toda una revelación: «¿Por qué empieza alguien a usar estupefacientes? ¿Por qué sigue usándolos hasta convertirse en adicto? Uno se hace adicto a los narcóticos porque carece de motivaciones fuertes que lo lleven en cualquier otra dirección. La droga llena un vacío. Yo empecé por pura curiosidad. Luego empecé a pincharme cada vez que me apetecía».

Yendo de un piso a otro, como empujada por una corriente de convivencia pacífica aunque desenfrenada, es cuando Nela va a entender que le falta un paso por dar. Que para que su vida realmente comience tiene que cortar la gruesa soga que sigue uniéndola a lo más oscuro y pesado de la tradición y del pasado. Tiene que irse de casa. Y al analizar la situación que la rodea, se da cuenta de que si corta esa soga lo que le espera no es un yermo sino la pertenencia de pleno derecho a ese mundo en el que parece haber encontrado su sitio.

En el proceso de afirmación de su individualidad, cuyos primeros pasos está emprendiendo con firmeza, tendrá especial relevancia una escena que Nela va a contemplar casi por casualidad. Una noche, durante la celebración de una de esas fiestas espontáneas a las que ya se está acostumbrando, en un piso en la calle Nou de la Rambla, desde cuyo balcón puede verse la entrada del London Bar, Nela, que todavía se encuentra bajo los efectos del ácido que tomó hace ya siete horas, vive una epifanía que, sin que ella lo sospeche, va a ser, al mismo tiempo, un motor y un horizonte. En uno de los dormitorios interiores del piso, sentado sobre una cama deshecha, ve por primera vez cómo un chico joven de pelo negro muy largo y rizado se inyecta heroína. Se sienta a su lado y observa pacientemente todo el proceso. De repente, es como si el tiempo se ralentizase. Estar allí, sumida en aquella extraña comunión con un desconocido, le resulta fascinante. Siempre le han dado miedo las agujas, un miedo infantil. Tal vez por ese motivo aprecia en ese acto, el de pincharse heroína, algo erótico, contradictorio, violento y excitante, que no ha llegado a apreciar hasta ahora en el sexo.

El joven desconocido, mientras se afloja la goma, con voz pastosa y lenta, le dice que es heroína y le ofrece probarla. Pero Nela está demasiado emocionada como para dar un paso semejante en ese momento. La imagen, así como la brutal sensación que ha recorrido su cuerpo, se le va a quedar grabada en el cerebro como la llama de amor viva de la que hablaba san Juan de la Cruz.

Esa madrugada, vuelve a la casa de la calle Gomis andando y, al pasar frente al Drugstore del paseo de Gracia, entra en la librería para echar un vistazo. Roba un libro del que ha oído hablar y que tenía ganas de leer, un ejemplar de poesía de un autor norteamericano: *Hojas de hierba* de Walt Whitman. Sentada en un banco de madera en el inicio de Gran de Gràcia, hojeará el libro hasta topar con el poema «¡Oh, mi yo!, ¡oh, vida!».

Dobla la punta de la página en la que aparece ese poema. Saca un bolígrafo del macuto que lleva consigo, subraya el título e, inspirada por lo que acaba de leer y por la naciente luz de la mañana, escribe su nombre, Nela, en la portadilla del ejemplar y, en la página anterior, este evocador e incomprensible epígrafe:

«Tal vez porque sí».

La escena es una reconstrucción basada en los recuerdos de mi hermana Carmen. Tiene lugar en la que era la habitación de mis hermanas en nuestro piso de la calle Gomis. Lo que ocurre durante los minutos que dura la escena, la fuga de Nela, es altamente improbable que ocurriese tal como Carmen lo recuerda y, sin embargo, es uno de los muchos ejemplos del inquietante mecanismo memorístico que mueve la historia de nuestra familia.

Nela se preparaba para irse de casa, para irse definitivamente. Estamos en el otoño de 1975, a escasas semanas de la muerte de Franco. Todavía no hacía frío. Nela acababa de cumplir diecisiete años.

Tras meses de agrias discusiones con mis padres, Nela había decidido que se marchaba de casa, que ya no quería aguantar más. Se trataba de un conflicto entre dos bandos irreconciliables que se encontraban en extremos opuestos del abanico social en la España de esa época. Por un lado, nuestros padres, llegados a Barcelona en 1963 procedentes de un pequeño pueblo de Extremadura. Por el otro, una joven radical, soñadora, inflexible también, que había optado por no tomar ninguno de los caminos trillados que podía ofrecerle el mundo en el que vivía.

El choque de fuerzas era constante. Nuestros padres creían tener de su parte el peso de la ley, la fuerza de la costumbre y la tradición, y se amparaban en todo ello como si se tratase de una verdad universal. Pero a Nela, aunque era menuda, no había modo de moverla del sitio cuando había tomado una decisión.

En cualquier caso, después de muchos meses de choques constantes, por todos los motivos imaginables, la tensión era insostenible. Para nuestros padres, que solo podían entender los movimientos de Nela como fruto del egoísmo y, en última instancia, de la maldad personal, solo existía una posible solución: que Nela cambiase, se convirtiera en otra persona, dejase de ser ella misma y volviese al redil. Para Nela, cuyas ideas parecían montadas en un cohete que se alejaba a toda velocidad del mundo de la familia, la única solución era que nuestros padres se transformasen en otra cosa, dejaran atrás el anclaje en las costumbres y las tradiciones morales y se abriesen a los nuevos tiempos con los brazos abiertos. Por eso, Nela ha llegado a la conclusión de que la única salida a ese conflicto es marcharse de casa.

Pero no hay que olvidar que estamos en 1975, el franquismo agonizaba pero todavía estaba lejos de ser declarado muerto. Se habían producido muchos cambios drásticos en el aspecto social y cultural en el mundo, pero desde esa Barcelona, a pesar de estar tan cerca de Europa, dichos cambios todavía se observaban como si tuviesen lugar a una distancia sideral. Porque una cosa era tolerar que las nórdicas se mostrasen en bikini en las playas o que a los jóvenes les hubiese dado por bailar música cantada en idiomas incomprensibles, y otra muy diferente dinamitar lo más sagrado: el orden familiar. Así pues, una hija que quería irse de casa en esa época tenía que hacerlo a las bravas, cerrando la puerta al salir.

Y ahí estamos, el día en que Nela había decidido, definitivamente y sin vuelta atrás, marcharse de casa. Por eso estaba en su habitación llenando la maleta con unas pocas pertenencias, las suficientes para pasar un mes. Aunque es muy posible que no se tratase de una maleta, pues la familia solo tenía una. Tal vez se tratara del capazo de mimbre estilo ibicenco con el que Nela aparece en la fotografía de esos años en la plaza Sant Felip Neri. En cualquier caso, no habló, no dijo nada. En el recuerdo de Carmen, no aclaró, por ejemplo, dónde pensaba instalarse o dónde iba a pasar esa primera noche.

Con toda probabilidad, se alojaría en la casa de uno de esos conocidos que frecuentaba en los últimos tiempos. Tal vez fuese incluso la casa de ese muchacho de buena familia con el que parecía mantener una relación más o menos sentimental. En ese momento, no eran extraños entre los jóvenes esa clase de movimientos: personas que se instalaban en una habitación prestada, seguramente compartida, durante unos días hasta encontrar un sitio algo más estable. Digamos que en Barcelona había una cuantiosa población de personas que vivían de ese modo, de manera transitoria, a salto de mata, entre pisos de estudiantes, pisos comunitarios o pisos de familias algo más tolerantes con los sueños de juventud de sus hijos e hijas. Difícilmente podían recibir correo postal en un lugar fijo todos esos jóvenes que se habían marchado de casa o bien habían llegado de fuera con una mano detrás y otra delante para vivir la promesa de una nueva forma de vida.

Nela, en cualquier caso, recogió algo de ropa y se dispuso a marcharse sin decir nada más. Carmen, en teoría, lo observó todo desde sus trece años, sentada en una de las camas de su habitación. Carmen estudiaba 1.º de BUP en el Colegio Cristo Rey, en la Vall d'Hebron, a cinco minutos andando de casa; era la primera promoción que cursaba el Bachillerato Unificado Polivalente.

Nela estaba a punto de salir de casa y fue entonces, en el recuerdo de Carmen, cuando empezó a sonar una canción. Y no se trataba de un tema cualquiera. Era «She's Leaving Home» de los Beatles, que pertenece al álbum *Sgt. Pepper's Lonely Hearts Club Band* de 1967. La melodía es dulce, alegre a pesar del toque melancólico de toda la composición. Lleva el sello inconfundible de Paul McCartney, esa pasión suya por narrar la cotidianidad desde el ángulo de lo extraordinario y lo sentimental. Aunque también hay algo muy de Lennon en el estribillo, que tiende a lo lisérgico. El tema principal cuenta cómo una joven abandona su casa de madrugada en busca de una libertad de la que no ha gozado hasta ese momento, el estribillo ejerce de coro griego y oímos el lamento de los padres, recién despertados, que no entienden la razón de la marcha de su hija.

Según Carmen, sonó ese tema justo cuando Nela estaba saliendo de casa; una canción que ella nunca ha podido volver a escuchar. Asegura que no se trata de una recreación, que no es un efecto de posproducción añadido al recuerdo, y basa toda su fuerza en decir que, en esa época, no sabía nada de inglés, que no tenía ni la más remota idea de qué decía la letra, que solo supo de su significado muchos años después. Sin embargo, es una composición demasiado perfecta: la situación y la música se funden hasta conformar un videoclip moderno, los violines acompañan a Nela hacia la puerta y, cuando mira atrás, antes de cerrar la puerta a su espalda, McCartney canta:

«Something inside, that was always denied, for so many years».

Si detenemos la imagen, entenderemos que es prácticamente imposible que sonase ese tema en ese momento. Alguien tendría que haberlo preparado de antemano. No podía sonar por la radio, porque se trataba de un corte secundario de un álbum que había aparecido ocho años antes; no tendría sentido. No disponemos de ese disco en casa y, además, el tocadiscos era de Paco, que lo guardaba con celo. Y aun pudiendo hacer uso del tocadiscos y del LP, alguien tendría que haberlo hecho sonar en ese preciso instante, como si se estuviese buscando un efecto coreográfico. Además, existe un detalle fundamental que no puede pasarse por alto: las participantes de esa escena tendrían que haber sido plenamente conscientes de la relevancia del momento.

Sin embargo, así ocurrió en la mente de Carmen y a mí, como narrador de esta historia, me vale. En esencia, porque permite explicar la marcha de Nela de una forma más esperanzada y sentimental. Hasta ese momento, a pesar de la gravedad del asunto, todavía nada se había torcido de manera irremediable.

Como en otros casos relacionados con otros recuerdos, las preguntas que surgen tienen que ver con el contexto: ¿qué día es?, ¿qué hora?, ¿dónde se encuentran el resto de los miembros de la familia? En el recuerdo de Carmen todos han desaparecido. Quizá nuestro padre estuviese en el taller de Poble Nou, concretamente en la calle Pujades, donde trabajaba desde hacía una década. Cabía la posibilidad de que Paco estuviese en la gestoría Pinet, en la calle Fontanella, donde trabajaba desde 1973. Es posible que yo estuviese en mi habitación, jugando, o tal vez viendo la televisión, si es que ya había regresado de mi colegio, el Montseny, al otro lado del puente de Vallcarca, donde ese mes de septiembre había empezado a cursar párvulos. Sin duda, nuestra madre estaría en la cocina, su centro neurálgico de operaciones, o habría salido a comprar. Pero la combinación también podría ser cualquier otra. Porque es posible que, como suele suceder con los acontecimientos históricos más destacados, nadie fuese consciente de lo que estaba ocurriendo y no le diesen ninguna importancia al hecho de ver salir a Nela por la puerta cargando con una cesta de mimbre llena de ropa.

Sí resultó relevante para nuestros padres la ausencia de Nela esa misma noche, que no regresase a casa para dormir. De madrugada, el ruido y las luces encendidas me despertaron. Como en una de esas películas de terror norteamericanas de los años ochenta, salí de mi habitación muy despacio y, desde un rincón del distribuidor, fui testigo de una conversación telefónica de mi padre con la policía. Supongo que le dijeron que todavía era demasiado pronto para tramitar una orden de búsqueda de Nela, incluso siendo menor de edad, porque apenas habían transcurrido unas pocas horas desde su supuesta desaparición.

Imagino que en aquella época la policía debía de atender un buen puñado de llamadas telefónicas similares.

El bar El Rincón, en la avenida de la República Argentina, junto al puente de Vallcarca, era uno de los puntos donde se reunían los jóvenes del barrio. Como tantos otros bares en esos años, era básicamente un lugar de encuentro. El interior del local era pequeño, tenía forma de cuña, como la proa de un barco, pero la terraza era amplia. Se formaban en el bar diferentes grupos que se interrelacionaban de manera casi inevitable. Era frecuente en esa época, incluso en ámbitos limitados y restringidos como ese bar, la mezcla indiscriminada entre miembros de clases sociales muy diferentes guiada por la voluntad de compartir inquietudes.

En el bar El Rincón fue donde Francesc, llegado del señorial barrio de Sarrià, en el que se encontraba la mansión de su familia, conoció a mi hermano Paco y, poco después, a Nela.

Pero en esa época, Barcelona era varias ciudades en

una, tenía diferentes capas de realidad en las que desarrollarse. Y ciertos núcleos, rincones, calles y plazas del centro de Barcelona habían ido consolidándose desde principios de la década de los setenta como espacios con voluntad evidentemente cosmopolita, liberados de la grisura general. Por ese motivo, para ser conscientes del verdadero calado de esa clase de mezclas sociales que estaban teniendo lugar, era imprescindible alejarse un poco del barrio y desplazarse a esos puntos cercanos al centro, donde las posibilidades de que se produjesen intercambios sorprendentes eran mucho mayores.

Lugares como la plaza Real. Un espacio rectangular porticado al que se puede acceder desde tres calles diferentes, con una gran fuente en el centro, llamada de las Tres gracias, y varias palmeras desperdigadas a ambos lados. Por encontrarse casi en mitad de la Rambla, en medio del Barrio Gótico, pero sobre todo por su cercanía con el puerto y su carácter un tanto íntimo, al estar casi completamente cerrada sobre sí misma, la plaza Real siempre había sido un lugar de encuentro entre los recién llegados y los vecinos de toda la vida. Pero en los años setenta, al caer la noche, los jóvenes *hippies* y los buscadores de todo pelaje llegados de Europa y Latinoamérica, que en muchos casos recalaban en la ciudad de paso hacia Ibiza y Formentera, se mezclaban en la plaza con marineros de la Sexta Flota estadounidense, portadores casi involuntarios de nuevos estilos musicales, jóvenes lugareños en busca de emociones intensas, vendedores de grifa y de marihuana y transmisores más o menos espontáneos de saberes esotéricos y filosóficos. Por aquel entonces, había en la plaza un tablao flamenco, Los Tarantos, justo en el mismo local en el que antaño había habido una cueva de jazz, el Jamboree. Abundaban las cervecerías y todo tipo de restaurantes de precios asequibles en los alrededores, además de algún que otro local nocturno de carácter heterodoxo. En cualquier caso, en esos años la plaza adquirió fama como punto de encuentro de la contracultura, porque allí, llegada la noche, siempre se cocían cosas interesantes.

Lugares como la plaza Sant Felip Neri, junto a la catedral, a poco más de cinco minutos andando desde la Rambla. Una plaza recoleta, pequeña y recogida, que recibe su nombre de la iglesia barroca que la preside. En los años setenta, se reunían allí los jóvenes con inquietudes, desperdigándose por el suelo de piedra sin reparo alguno. De vez en cuando se celebraban pequeños conciertos o representaciones. Desde entonces, la plaza ha mantenido, no se sabe bien por qué, cierto aire intelectual, menos cosmopolita y también menos canalla que el de la plaza Real. Una de las escasas fotos que conservo de Nela se tomó allí, sentada con la espalda apoyada en la fachada de la Casa del Gremi dels Sabaters, bajo una ventana con una pesada verja de hierro.

El Barrio Gótico, por aquel entonces, no era un reclamo turístico. El antiguo centro de la ciudad estaba seriamente degradado y sucio; además de estar plagado de coches. Por eso los jóvenes decidieron tomar esos espacios urbanos y hacerlos suyos desde un enfoque particular, guiado por la naturalidad, sin responder a iniciativa política alguna.

Pero si había un lugar esencial en esa Barcelona joven y contracultural, con un significado que excedía el mero punto de encuentro o de intercambio, ese era la Rambla. Es imposible resumir o sintetizar todo lo que ese paseo significó para los jóvenes inquietos que transitaban por la Barcelona de Nela. Pero podría decirse que se convirtió, al menos durante unos años, en la materialización de una posibilidad de libertad a través de lo colectivo, de la tolerancia, de la normalización de lo minoritario y lo marginal. En esos años, en la Rambla, daba la impresión de que se podía soñar con un nuevo estilo de vida más allá de las convenciones sociales o económicas y de las restricciones morales; incluso de las que, pocos años más tarde, impondrían los partidos políticos democráticos. En la Rambla podía ser uno lo que le viniese en gana y crear y ver y hablar y escuchar sin tener en cuenta la rentabilidad económica o el reconocimiento personal. Siempre que uno fuese, eso sí, un joven sin asomo de cinismo, de corazón bohemio y aventurado, respetuoso con la creatividad propia y ajena y con ganas de cambiar el mundo; siempre que a uno le interesase «el rollo», como ellos mismos solían definir esa clase de actitud ante la vida.

Porque, de nuevo, hay que aclarar que Barcelona era diferentes ciudades en una y no entrañaba lo mismo vivirla como un trabajador joven de origen inmigrante que pretendiese medrar, que como un joven de buena familia que hubiese renegado de su clase social sin prescindir por completo de las ventajas que podía suponerle, que como un joven ingenuo de corazón bohemio con ganas de cambiar el mundo, como lo era Nela.

En cualquier caso, la Rambla se convirtió en un símbolo de los nuevos tiempos, un lugar que era, al mismo tiempo que un espacio físico concreto, una idea, algo a lo que aspirar: convivencia, tolerancia y libertad. De ahí que se llevasen a cabo en la Rambla innumerables muestras creativas, desde desfiles a actuaciones espontáneas, declaraciones de principios o manifestaciones reivindicativas. Amén de seguir siendo lugar de encuentro y sede de innumerables locales y bares con sabor e historia.

Como el Café de la Ópera, situado justo frente a la entrada principal del Liceo, donde sé que Nela pasó muchas tardes y noches, sin duda acompañada por alguno de esos misteriosos amigos suyos que también compartieron con ella sus ratos en la plaza Sant Felip Neri. Durante un tiempo, no entendí el motivo por el que a Nela le había gustado ese café, que a finales de los años ochenta y principios de los noventa me parecía un local rancio, pasado de moda, pensado para abuelos nostálgicos. Pero sé que Nela se sentía a gusto en ese local.

El London Bar, situado en la calle Nou de la Rambla, se convirtió en una suerte de epicentro de la gente del rollo. Las reformas realizadas en el local a principios de los años setenta conservaron el estilo original modernista para atraer a los jóvenes. Allí se congregaban músicos, pues había pequeños conciertos en directo, personajes interesados en cuestiones políticas, «gurús y goliardos» de más edad, dispuestos a sermonear a quien quisiera escucharlos sobre cuestiones sexuales, droga y trascendencia. Pasaban también por allí aficionados a las drogas y a las experiencias alucinógenas. Comerciantes que traían del norte de África y de Asia meridional todo tipo de objetos para vestirse y adornarse.

Muy cerca del London, en la calle Guardia, se podía bailar al ritmo de los grupos de moda en el siempre abarrotado Les Enfants, que se vanagloriaba de ser la primera discoteca de Barcelona, alejada ya para siempre del concepto de la sala de baile. Un local diminuto en el que podían escucharse vinilos de rock y pop europeo y americano.

Imagino a Nela frecuentando el London de vez en cuando, al pasar la medianoche, pero me cuesta un poco más ubicarla en Les Enfants. No sé por qué no me veo capaz de imaginarla bailando, divirtiéndose sin más, dejándose llevar.

Había otros lugares del gusto de los jóvenes contraculturales del momento, como el Magic, junto al Born, o el Almirall, en la calle Joaquín Costa, o incluso el decano de los bares de aire maldito de la ciudad, con casi doscientos años de antigüedad, el Marsella. Pero si hubo un local que acabó capitalizando el impulso creativo de la gente del rollo, en su expresión más puntera, más concreta y tal vez más perdurable, ese fue la sala de conciertos Zeleste en la calle Platería.

Zeleste se convirtió casi desde el momento de su inauguración, en el año 1973, en todo un éxito. Por allí pasaron Sisa, Pau Riba, Gato Pérez o la Elèctrica Dharma; amén de todos los personajes, grandes y pequeños, que tuvieron algo que decir en el mundo de la creación contracultural. Zeleste, que abría todos los días y cerraba a altas horas de la madrugada, envolvía a todos los correligionarios del libertarismo de una atmósfera de ensueño y distensión ideal para mezclar sin culpa el placer y la reflexión, la «inocencia y la transgresión», que diría Pep Bernadas.

De nuevo, me cuesta ver a Nela en ese ambiente, rodeada de escritores y dibujantes de cómic bastante mayores que ella, gente con estudios o con pretensiones, sin duda más enfocados en sus carreras y con algunas ideas —no todas— más claras. Con el paso del tiempo, Zeleste, de hecho, ha ido adquiriendo en la silenciada historia del rollo barcelonés de aquellos años un tono casi místico que, sin pretenderlo, le ha aportado a dicho local cierto marchamo elitista.

Pero los integrantes, o participantes, de la contracultura, la gente del rollo, no buscaban afirmar su superioridad moral y estética, sino que pretendían extraer su fuerza de una nueva visión del mundo a ras de suelo, igualitaria.

Ahora resulta muy complicado observar semejante posicionamiento sin recurrir al cinismo, al descreimiento absoluto propio de la tercera década del siglo XXI. Da la impresión de que en la actualidad es imposible soñar ni sentir esa clase de ilusión respecto al futuro inmediato; es más, se aprecia en algo así una desagradable ingenuidad que, sin saber muy bien por qué, se entiende como contraproducente. Pero la juventud de mediados de los setenta, al menos una parte de ella, disponían de espacios y lugares en la ciudad en los que poder soñar sin prejuicios ni restricciones morales.

Nela formaba parte de esa generación de jóvenes. En 1975, tras la muerte de Franco, cuando se fue de casa, tenía diecisiete años recién cumplidos. Tenía inquietudes culturales, no le gustaba someterse a las normas, sus ideas tendían a la radicalidad y chocaban de frente con las costumbres establecidas. Pero venía de una familia humilde de inmigrantes, no tenía estudios superiores ni plan concreto alguno. Nela era entusiasta y tenía fuerza, podría decirse desde la atalaya que entraña el paso del tiempo que era una creyente de la contracultura, pero ¿qué podía aportar ella a ese movimiento más allá de su propio cuerpo y empuje, de su presencia anónima?

Nela, por decirlo de otro modo, en esa breve, inestable e irregular marea que tuvo lugar durante esos años en Barcelona, poco antes de la irrupción de la democracia representativa, no era más que un soldado raso, carne de cañón para el olvido futuro.

Al repasar todos esos lugares de la Barcelona de los años setenta, tan significativos para el entorno de la contracultura, no podía evitar pensar que Nela tenía que haberse cruzado en ellos con algunos de los personajes destacados que aparecían en las crónicas de entonces. Sin duda, Nela tenía que haber pasado tiempo suficiente en el Café de la Ópera o en la plaza Sant Felip Neri o en cualquier otro de aquellos lugares como para que alguien pudiese acordarse de ella o reconocerla si le enseñaba una fotografía.

Con esa idea me lancé a realizar toda una serie de entrevistas a personas que yo sabía que habían vivido con intensidad aquellos años en la ciudad y que habían logrado llegar hasta el presente para contarlo. Sabía que había pasado demasiado tiempo, que en buena medida era como buscar una aguja en un pajar, entre otras razones porque más de uno de los integrantes de aquella generación no tienen muchas ganas de desenterrar sus recuerdos. Sabía que, con toda probabilidad, no extraería de esa pesquisa detalles concretos que me ayudasen a tirar del hilo y aportar algo de luz a la historia de Nela una vez que se fue de casa, pero supuse que, en el peor de los casos, esas entrevistas me ofrecerían una perspectiva más amplia sobre la Barcelona de los setenta; me ayudarían a hacer un poco más densa y palpable la atmósfera que respiraban aquellos que estaban en la misma onda que Nela.

Conozco a Pepe Ribas, fundador de la revista *Ajoblanco,* desde hace mucho tiempo. Hemos mantenido largas conversaciones a lo largo de los años y siempre me ha interesado lo que pudiese contarme de su experiencia de aquella época. De hecho, cuando leí su libro *Los 70 a destajo,* me impresionó profundamente y, en cierto sentido, me ayudó a poner en marcha mi propia maquinaria de investigación.

Tras concertar una cita, Pepe Ribas me convoca una mañana de finales de invierno de 2021 en su casa, un clásico piso señorial burgués de la izquierda del Eixample, en un cruce muy cercano a Rambla Catalunya, que anteriormente había pertenecido a su abuela. Es enorme y está decorado tal cual debía de estarlo a mediados del siglo XX, lleno de muebles antiguos en perfecto estado.

Una de las mesas del salón está cubierta con decenas de páginas del futuro catálogo de la exposición que Pepe y Canti Casanovas están montando: *El underground y la contracultura en la Cataluña de los 70,* que se estrenará dentro de unos meses en el Palau Robert. «Para tu proyecto, la exposición va a ser fundamental», me dice Pepe.

Le comento cuál es mi interés principal: descubrir cualquier tipo de detalle más o menos fiable sobre mi hermana Nela y también saber cómo se introdujo la heroína en Barcelona, y por extensión en España, en aquellos años; es decir, si fue un plan organizado o si fue un proceso básicamente aleatorio, fruto de la coyuntura.

Pepe me habla, durante la mayor parte del tiempo, como si yo estuviese dentro de su cabeza. Esa sensación ya la había tenido con anterioridad: da la impresión de que conecta cosas, de que está llevando a cabo un esforzado trabajo de desbroce en su mente, para él seguramente fructífero, pero como resultado solo obtengo un nombre o una anécdota que, en realidad, habla más de lo que él quiere contar que de aquello que yo necesito saber.

Cuando introduzco el tema de la plaza Sant Felip Neri, creo haber dado con una pista significativa. Sin embargo, de nuevo me quedo sin respuesta reveladora alguna. Pepe hace un par de llamadas y pregunta a sus interlocutores por Valerio, el que fue la última pareja de Nela antes de morir y, sobre todo, por si es posible que mi hermana hubiese consumido heroína antes del año 1976. Canti Casanovas le asegura que es imposible antes de 1977, pero Pepe le replica hablándole de los recuerdos de Nazario y del Canet Rock de 1975, refutando así su argumento. También le pregunta Pepe por uno de los nombres que le doy: Francesc, que a Pepe le suena muchísimo pero no sabe de qué. Al final, el gran salto que parecía haber dado con las referencias a la plaza Sant Felip Neri y Francesc me deja exactamente en el mismo punto en el que me encontraba.

Ni él ni nadie de su entorno más cercano recuerdan nada de Nela ni de Valerio, y respecto al tema de la heroína, Pepe me remite a una sección de su libro en la que esboza una teoría un tanto estrambótica de la que hablaré un poco más adelante.

A través de mi amigo Pere Ortín, me puse en contacto con Pep Bernadas, antropólogo y viajero impenitente, uno de los fundadores, en el año 1979, de la librería Altaïr y responsable de todas las iniciativas que después han ido asociándose a esa empresa, desde la agencia de viajes a la revista. Pep vivió aquellos años en primera línea y con bastante intensidad. Por otra parte, es una de esas personas que conoció a todo el mundo y, además, todavía mantiene contacto con muchos de los protagonistas de aquellos días.

Nos encontramos en el diminuto despacho, completamente acristalado, que tiene junto a la cafetería de la librería Altaïr. Conozco a Pep desde hace un tiempo, entre otras razones debido a mi colaboración con la revista que él fundó, pero nunca nos habíamos sentado a hablar de cuestiones personales. Pep, que sufre diferentes enfermedades y dolencias relativas a su maltrecha espalda, me espera sentado al otro lado de la mesa de su despacho, luciendo su eterna sonrisa infantil de boca torcida y cara redonda.

Lo primero que Pep me dice cuando le hablo de mi proyecto y de mis pesquisas sobre Nela y la heroína, es que aquella época estuvo marcada por un exceso de inocencia y un exceso de transgresión; es una frase que va a repetir en varias ocasiones, casi con idénticas palabras, como si fuera una sentencia o un conjuro que atesorase un conocimiento de enorme calado.

Pep nació en un pueblecito del interior de Cataluña y se fue de casa con dieciséis años, por lo que se vio obligado a buscarse la vida desde muy joven. Hizo la mili en 1972, en Sant Boi de Llobregat, en algo relacionado con camiones y transportes, y después encontró trabajo en una oficina de una caja de ahorros en Barcelona.

Afirma que, nada más llegar, sintió que la ciudad lo engullía. Su primer apartamento de alquiler se encontraba en el barrio del Raval. Lo que más le sorprendió de la ciudad fue el ambiente festivo. Se bebía, se fumaba y se practicaba sexo de manera generalizada. «En cualquier parte», me dice, «te encontrabas con personajes que no sabías de dónde habían salido ni dónde acabarían; algunos de ellos desaparecían sin dejar rastro.» El hachís era el pan de cada día, todo el mundo fumaba y podías encontrarlo en todas partes. La coca ni siquiera sonaba. La heroína irrumpió con mucha fuerza tiempo después. «Pero hubo gente que enseguida trazó una línea ahí y no la traspasó.» Pep afirma que él no la probó nunca, por lo que vio que le hacía a la gente que la consumía. Aquí añade, dando por hecho (acertadamente) que yo conozco al personaje, que Pau Maragall —también conocido como Pau Malvido, cronista de la Barcelona de aquella época en la revista *Star*— sí la tomaba y que murió de eso. Pep está convencido de que el hecho de haber tenido siempre un trabajo estable le impidió perder la cabeza, a pesar de las oportunidades que tuvo para hacerlo en aquellos días.

Pep me habla del bar Paret, donde había gente que llegaba de Chile y de Argentina huyendo de la represión en sus respectivos países. Allí se encontraba también con Nazario, «que era muy buen tipo e inteligente», con Camilo, «que era la princesa», y con Ocaña, «que era un liante y que te timaba o te sacaba algo en cuanto podía; un buscavidas».

Me habla también del London Bar y de la discoteca Les Enfants. «La gente estaba muy mezclada: unos trabajaban, otros llevaban sus movidas y otros más no se dedicaban a nada. Gente de todo tipo junta y revuelta. Había diferentes tribus, no todos formaban parte de la misma línea.» «De repente», añade Pep, «uno desaparecía y no volvías a saber de él.» Por lo visto, eran muchos los que, como Nela, habían roto de manera drástica con sus familias.

Cuando le hablo de mi hermana e insisto en el tema de la heroína, Pep me dice que él vio pincharse a alguien por primera vez en 1975, en un piso de la calle Bailén. Ese era el último año en que Pep estudió Derecho, luego se pasó a Antropología. Dice, en relación con sus estudios, que siempre le han interesado las sustancias que alteran la conciencia. «De vez en cuando, todavía tomo ayahuasca para ordenar mis ideas.»

Nuestro encuentro acaba como empieza, oyéndole decir a Pep que en aquella época todo era una mezcla de inocencia y transgresión. Pero antes de marcharme me pasa el contacto de Ana Briongos y de Xavier Moret, porque, según él, es imprescindible que hable con ellos.

Tras un breve intercambio de correos electrónicos, la escritora y viajera Ana Briongos me invita a comer a su casa para hablar de Nela y de todo lo de aquella época que pueda resultarme de ayuda. Ana Briongos había ido apareciendo en diferentes conversaciones en los últimos meses —obviamente, en la que mantuve con Pep Bernadas— y también me había llamado la atención ver su nombre y un par de fotografías del día de su boda en las memorias de Nazario *La vida cotidiana de un dibujante underground;* poco después descubriré su colaboración en otro libro de Nazario: *La Barcelona de los 70 vista por Nazario y sus amigos.*

Me recibe en un piso amplio, bonito y luminoso en la Villa Olímpica, en primera línea de mar. Las vistas son impresionantes. Cuando llego a su casa, Ana Briongos ya tiene la mesa puesta. Es decir, pasamos a comer sin transición alguna.

Le cuento de manera fragmentada, casi sincopada, la historia de mi hermana Nela, los detalles que conozco, lo poco que recuerdo. Ana se muestra comprensiva, empática incluso, aunque no voy a tardar en entender que está en otra onda. Nació en 1944, es catorce años mayor que Nela y, a pesar de su buena memoria, no me aportará ningún detalle concreto que sirva a mi propósito. Por otra parte, noto que se reserva, porque sabe que lo que podría contarme no serían más que batallitas que no añadirían nada especial a mi historia; o tal vez lo hace porque le interesa guardar esa información para sus propios libros. Ella ha sido viajera, ha tenido una larga trayectoria personal como escritora. Pudo integrar la experiencia de aquellos años a través del movimiento, por decirlo de algún modo.

Me cuenta que fue novia de Pau Maragall/Malvido durante seis años. Si tenía alguna duda de su extracción social, que ella aclarará también de manera fragmentaria a lo largo de la comida, aquí queda totalmente disipada. Sí, el padre de Ana era muy religioso y franquista, la única vez que viajó en su vida fue a Afganistán e Irán. No con la intención de traer de vuelta a su hija, sino para descubrir qué era lo que tanto le había atraído a ella de esos lugares. Menudo gesto de amor paternal y de inteligencia, pienso. Tal vez por eso me siento un poco raro insistiendo en que mi familia no solo era humilde, sino que carecía de recursos intelectuales para afrontar lo que estaba ocurriendo con mi hermana.

Ana me proporciona el contacto con Víctor Mesalles, relacionado al parecer con La Floresta; Pepe Ribas también me había hablado de él.

En cuanto salgo de casa de Ana, después de que ella, de manera muy elegante, casi sin proponérselo, indique que ya hemos acabado, noto cómo me invade la tristeza. Le he enseñado por primera vez a alguien las fotos de Nela en Génova. Me he dado cuenta de que, al menos en parte, voy a tener que acarrear con la tristeza que transmite Nela en esas fotos durante un tiempo, porque ese es el precio de indagar en su historia.

Quedé con Xavier Moret en el Casino de La Floresta para charlar un rato antes del estreno del documental *La Floresta, 100 anys d'històries. Un barri que vol ser poble* de Juan A. Gamero, que van a proyectar en el patio del propio Casino. Moret llega cuando faltan apenas quince minutos para el inicio de la proyección. Se muestra muy amable, recurre al contacto físico casi de entrada. Repite varias cosas que ya hemos hablado por mail, vuelve a preguntarme por Ana Briongos, pero enseguida me doy cuenta de que no va a darme ningún tipo de pista importante respecto a Nela.

Aun así, Moret se esfuerza por mostrarse atento y me presenta a Toni Ricart, el dibujante Baxter de *El Víbora*, que le echa un vistazo a las fotos de mi hermana y de Valerio, y si bien es cierto que dice que mi hermana le suena, acaba desentendiéndose de la cuestión al cabo de unos segundos.

Durante los primeros minutos del documental, Moret se comporta conmigo como alguien de la familia, como una especie de tío lejano, aclarándome algunos puntos o personajes que aparecen en pantalla. Insiste, antes, durante y después, en que si veo algo y él puede ayudarme, que vuelva a ponerme en contacto con él.

El documental es interesante para conocer no tanto La Floresta en esos años como lo que representó el Casino a nivel local, en el periodo de interregno tras la muerte de Franco y antes de las primeras elecciones. Al parecer, fue un eje estructurador de la vida común y social, con todas sus actividades culturales y vecinales. Me llama la atención, sin embargo, la gente que aparece en pantalla, las personas más implicadas en esa iniciativa setentera; algunas de ellas conocidas hoy en día. Todos me parecen gente formada, gente proveniente de la clase media, muy dispuestos, con las cosas claras. Es curiosa la relación que mantienen con el calificativo *«hippy»:* parece sobrarles, porque tienen claro que su vida se explica por la evolución, por el cambio y la transformación. Es decir, fueron años muy interesantes, marcados por lo lúdico y plagados de pequeñas y grandes aventuras, pero no tardaron en convertirse en otra cosa de la que, sin duda, no tienen intención de hablar. Se trata de orgullosos supervivientes que, en realidad, nunca transitaron por el lado salvaje.

Quedé con Víctor Mesalles en una terraza de la calle Rosselló, frente a la UPF. Me está esperando sentado mientras habla por teléfono con alguien sobre Afganistán. Lleva un sombrero claro, de ala corta. Es muy bajito y un poco chaparro. Está bebiendo una caña de cerveza, aunque apenas son las diez de la mañana. Le tiembla ligeramente la mano al llevarse el vaso a la boca. Tiene setenta y nueve años; es decir, dieciséis más que Nela.

Enseguida me doy cuenta de que no voy a sacar nada de este encuentro. Insiste, igual que lo hizo por teléfono hace unos días, en que no recuerda a mi hermana ni a Valerio. Yo le cuento, en versión reducida, la información de la que dispongo sobre Nela. Sus comentarios son los de cualquiera con un mínimo de sensibilidad: «Una lástima. Tan joven. Eran unos tiempos complicados». Nada más. Me habla, eso sí, de las memorias de Manuel Ortínez sobre la Transición, que le aseguro que buscaré, más por ser cortés que por creer que puedan servirme de algo.

De La Floresta, en cualquier caso, apenas vamos a hablar. Él vivió allí de 1974 a 1979. Es decir, la época en la que estuvo Nela. Pero no la recuerda, ni a ella ni a su novio italiano. Me dice que había diferentes capas y estratos de gente en aquella época. Que mi hermana debía de formar parte del grupo de los «más colgados». Quiero creer que lo que pretende dar a entender es que ella, joven como era y viniendo de donde venía, allí ni pinchaba ni cortaba nada. Intenta acordarse de nombres, de alguien que pudiese servir de punto de contacto, alguien que tal vez pudiese reconocerla, pero no le viene nombre alguno. Quedamos, pues, en que me escribirá un mensaje con cualquier cosa que se le ocurra al respecto. Aunque sé que eso, con toda probabilidad, no va a ocurrir.

De camino al metro voy pensando, una vez más, que este proceso en el que ando metido es como buscar una aguja en un pajar, y de que a pesar de todos los esfuerzos empiezo a perder la esperanza de encontrar a alguna persona que recuerde a Nela. Es lo mismo que he sentido en todos estos encuentros. Aunque me resisto a creer que no haya nadie en el mundo que piense en ella, que la recuerde como esa joven agreste, aventurada y un tanto salvaje que fue y que yo, hoy en día, sí soy capaz de visualizar.

Esa muchacha que vemos salir de la estación de La Floresta, que camina sola por una calle a medio asfaltar y que bordea la vía del tren es Nela. Lleva puesto un jersey de lana color verde, unos vaqueros azules y sus habituales zapatillas de deporte blancas con puntera de goma. No hace frío todavía, a pesar de la llegada del otoño, pero lo que sí puede notarse con mucha intensidad en el ambiente, en todas esas calles ocupadas por pinos y maleza, como si el bosque no hiciese caso de la voluntad urbanística, es la humedad. Una humedad casi palpable, que se cuela bajo la ropa y de la que no hay modo de librarse. Nela, menuda y de cabello largo, suelto y un tanto revuelto, camina a buen paso, con esos andares suyos poco elegantes; masculinos, que diría nuestra madre. Poco le importan a ella esa clase de juicios a estas alturas, porque además está cansada. Son las cinco de la tarde, y tras una larga jornada de más de diez horas, vuelve del trabajo.

El cielo está gris, viene anunciando lluvia desde primera hora de la mañana, pero no ha caído una sola gota.

Para llegar a la casa en la que vive desde hace casi un año, tiene que cubrir un laberíntico trayecto que incluye sortear una pequeña torrentera y descender dos pronunciadas pendientes. Esa zona de La Floresta, Nela ahora puede afirmarlo a ciencia cierta, no tiene el estatus ni recibe la misma atención que otras calles y rincones de la antigua colonia residencial. Para empezar, aquí el alcantarillado es deficiente, por decirlo de un modo amable, y los del servicio de limpieza se muestran mucho más remolones que en las calles de las casas más distinguidas. Por no hablar de los efectos de la lluvia: en cuanto caen cuatro gotas se forman poderosos torrentes que descienden por las calles sin asfaltar como auténticas cataratas, llevándoselo todo por delante. A Nela, cuando llegó aquí, le hacía gracia observar esas corrientes de agua salvaje, le parecían exóticas, propias de zonas tropicales tal vez, pero al cabo de unos meses, tras sufrir, entre otros inconvenientes, las consecuencias en el interior de la casa, ya no le resulta tan divertido.

La Floresta nació a principios del siglo XX como una suerte de colonia residencial o ciudad jardín, ubicada en mitad de la sierra de Collserola, entre una infinidad de pinos en una zona un tanto agreste, a pocos kilómetros de Barcelona y conectada a la ciudad por los Ferrocarriles Catalanes. Durante el primer tercio del siglo, el impulso urbanizador y vecinal fue considerable, pero tras la Guerra Civil, la Floresta Pearson —se le añadió el apellido del famoso ingeniero estadounidense a modo de homenaje— fue cayendo en un proceso de olvido institucional y la naturaleza, amén de la falta de recursos, fue haciendo su implacable trabajo de deterioro.

De hecho, en tardes como esa, de regreso de su trabajo en San Cugat, mientras recorre las calles a medio asfaltar de esa zona de La Floresta, Nela siente una leve presión en la boca del estómago que poco a poco va adquiriendo la forma y la consistencia de lo que podría ser un arrebato de congoja o tristeza. La luz menguante, el cielo gris, los melancólicos pinos, el silencio omnipresente, el viento que sopla, el hecho de no cruzarse con un solo vecino y la dejadez que impera en la colonia no ayudan precisamente a sentirse henchida de emoción. Por fortuna, en cuanto entre en casa, Nela podrá fumar un poco de la marihuana de Lidia y sin duda enfocará su situación al completo con algo más de perspectiva.

Lleva ya casi dos años fuera del hogar familiar. Después del verano del Canet Rock, acabó de decidirse y rompió amarras. Sabía, porque había podido comprobarlo, que existía en la ciudad toda una red de viviendas comunales, abiertas y accesibles si sabías a quién preguntar; y ella disponía de los contactos. Imperaba en dicha red la tolerancia, pues la gente iba y venía y nadie hacía demasiadas preguntas. En un principio, nuestros padres no entendieron su punto de vista, su necesidad de libertad y de cambio, y se lo tomaron mal, a la tremenda; incluso acudieron a la policía para intentar que volviera a casa, aunque no sirvió de nada. Paco y Carmen tampoco lo entendieron y a Nela eso sí le supo mal, porque albergaba la frágil esperanza de que se pusiesen de su lado, aunque solo fuese por solidaridad juvenil. Pero Paco transita ya hacia una incipiente adultez marcada por el sueño del ascenso social. Y Carmen sigue siendo una muchachita, ansiosa por hacer buena letra y gustar a sus mayores.

Una vez fuera de casa, Nela vivió unos primeros meses enfebrecidos y apasionantes, en los que nada era estable o seguro y, sin embargo, las cosas parecían encadenarse como por arte de magia. Cambió tres veces de piso, pero en esos tres lugares imperaba el mismo clima de relajación, de *laisser faire,* de afán por compartir, de disfrute y, por qué no decirlo, de alegría. Tuvo que lidiar con más de un aprovechado que, creyéndola sola, joven e ingenua intentó aprovecharse de ella con milongas y mentiras rebuscadas; tan solo buscaban sexo. Y si bien con alguno de ellos acabó cediendo, no dudó tampoco en mostrar sus armas, en defenderse, pues tenía a su favor, como había descubierto durante su etapa en el instituto, la certeza de que el miedo no podía atenazarla, al contrario: parecía despertar en ella una energía suplementaria.

Comía de manera decente todos los días, bebía cuanto se le antojaba, fumaba marihuana o hachís todos los días y, de vez en cuando, compartía un ácido con los compañeros del piso en el que estuviese en ese momento. Aunque, a decir verdad, el LSD, si es que era LSD, no parecía provocar en ella un efecto especialmente placentero.

Por otra parte, fue capaz de conservar el trabajo en La Voz de España durante un tiempo, lo que le permitió disponer de algo de dinero, que guardaba con celo para hacerlo durar, hasta que se vio obligada a dejar aquel trabajo de mala manera, a la francesa. En realidad, fue la tarde en la que aparecieron por la avenida del Tibidabo nuestro padre y Paco con la intención de llevarla a casa por las buenas o por las malas. En esa ocasión, Nela salió corriendo, se montó en los Ferrocarriles Catalanes, bajó al centro de la ciudad y nunca más volvió por las oficinas de la empresa de doblaje; ni siquiera reclamó el dinero que le faltaba por cobrar de aquella semana.

Cuando se le acabaron los ahorros, volvió a trabajar un tiempo para una de sus amigas de la plaza Sant Felip Neri, haciendo collares, pulseras y pendientes que su amiga vendía después en mercadillos y ferias de diferentes pueblos cercanos a Barcelona. El dinero que eso le reportaba, en cualquier caso, le permitía comer durante tres o cuatro días; el resto de la semana, hasta la siguiente feria o mercadillo, tenía que salir adelante confiando en la amabilidad de los extraños. Esa amiga le habló también de la posibilidad de participar en la vendimia, tanto en el sur de Francia como en Lleida. Y fue precisamente en Lleida, en el mes de octubre, cuando le ofrecieron trabajo en un bar en La Floresta, cerca de la estación. El dueño del negocio, al verla tan dispuesta y cumplidora, y al percatarse de que era menos *hippy* de lo que parecía, la puso en contacto con su hermano, que era dueño de una panadería en San Cugat y necesitaba a alguien que atendiese en el mostrador. El sueldo era aceptable y, además, le ofreció darla de alta en la Seguridad Social.

De la panadería de San Cugat es precisamente de donde ha llegado Nela a La Floresta en esa tarde gris, ventosa y melancólica.

Pero no todo ha sido trabajo o problemas con el alcantarillado desde que vive en La Floresta. Ha habido muchas noches de diversión y de fiesta. Además, ahora ya puede afirmar, desde un arraigado sentido del compromiso —pues esa casa es la primera que entiende como suya—, que sabe lo que es llevar la vida emancipada y autosuficiente propia de una persona adulta. Por fin. Por lo demás, ha podido experimentar en primera persona, no solo en la casa, sino gracias a la heterogénea comunidad que forman los integrantes de las diferentes casas comunales de La Floresta, las posibilidades que ofrece el tipo de vida alternativo que ella soñaba: alejado de la visión de la familia tradicional y del materialismo y la obsesión por la productividad.

Aunque tal vez no sea de extrañar que una persona como Nela, acostumbrada desde muy pequeña a ver y entender las cosas desde su particular punto de vista, haya empezado a encontrar detalles chirriantes y características sociológicas que, a pesar de la buena voluntad, tienden a repetirse también en ese ámbito. Porque a todos los jóvenes que viven en La Floresta les gusta pensar que allí no impera un orden jerárquico, que no hay padres y madres, que predomina el consenso, que el dinero —el hecho de tenerlo o no tenerlo— o la genealogía no tienen valor alguno frente al diálogo o la convivencia armónica basada en el hecho de compartir. Pero nada es exactamente así. Y Nela ya ha podido comprobarlo.

Es muy fácil compartir emociones escuchando un concierto de Sisa o de Pau Riba en el Casino en una noche de primavera. Es natural compartir un porro o una botella de vino con cualquiera de la colonia. Tampoco tiene nada de especial compartir los cuerpos y las experiencias sensoriales cuando uno se deja llevar por todo lo anterior. Pero a la luz del sol, en espacios públicos, a la hora de tomar decisiones que tienen que ver con determinados aspectos de la intendencia vecinal, siguen existiendo clases. En otras palabras, hay alternativos de primera y alternativos de segunda. Los primeros tienen nombre y apellido, todo el mundo los conoce, tienen trabajos de cierta significación en el ámbito de la cultura más *underground;* tienen pedigrí, por decirlo mal y pronto. Los segundos, entre los que se cuentan Nela y la absoluta mayoría de sus conocidos, aquellos y aquellas con las que convive la mayor parte del tiempo, no tienen nombre; no son nadie.

Aunque, de momento, eso no supone un problema. Todavía no se aprecia la frontera que separa a los que saben de qué va la cosa, los que vienen de buenas familias y tienen estudios, de los pringados, la carne de cañón. Porque todavía impera el disfrute y el embriagador sentido de la posibilidad.

Todos han podido experimentarlo, casi como un canto de cisne, durante las Jornadas Libertarias Internacionales de Barcelona celebradas a finales de julio de 1977. Las expediciones desde La Floresta para acudir a las charlas, reuniones y conciertos que se celebran tanto en el Parque Güell como en el Salón Diana han sido muy numerosas. En cualquier parte hay gente desnuda, desprejuiciada. Se habla en todas esas concentraciones, desde un escenario o a pie de calle, de cambiar el mundo, pero no como lo hacen los mayores, desde la lógica de los partidos o de los movimientos políticos, sino partiendo de la experiencia personal para extrapolarla a un ámbito mucho mayor, generalizado; si acaso hay alguna línea política visible, y tolerada por todo el mundo, es el anarquismo: abundan las pintadas con la A mayúscula rodeada por un círculo y también hay algunas banderas de la CNT. De hecho, todavía están recientes los ecos del mitin que reunió a doscientas mil personas en Montjuic y en el que participó Federica Montseny.

Nela se siente bien escuchando esa clase de discursos, observando a toda esa gente bailando y divirtiéndose al imaginar un mundo y una realidad diferentes. Entiende lo que piensan y lo que sienten e incluso le emociona, se sabe partícipe de ello. Forma parte de una masa informe y alegre que apuesta por la solidaridad y la alegría por lo lúdico y por la superación de cualquier tipo de restricciones.

De algún modo, durante esos días, Nela entiende que el sentido de la posibilidad está en el aire, esa promesa que le llevó a marcharse de casa hace ya casi dos años es palpable. No solo es una promesa, piensa durante esos días, pasados entre porros y ácidos y risas y bailes, sino que ya está aquí. El cambio parece imparable. Y sí, son días de fiesta y el tiempo parece estar en suspenso, pero el caos que lo tiñe todo resulta tan estimulante, dan tantas ganas de creérselo...

Será durante esos días, en el Parque Güell, cuando Nela pruebe por primera vez la heroína: la fuma en un canuto. La experiencia va a sumarse a la sensación de bienestar multiplicándola de un modo exponencial. La heroína no solo logra que lo informe adquiera un sentido profundo, trascendente, aunque volátil, sino que borra de un plumazo esa pesadumbre, ese anuncio de angustia y de tristeza que amenazaba con cubrir su percepción de la realidad desde que era muy pequeña. De golpe, se siente liberada. Tomar heroína por primera vez no tiene el glamur oscuro y magnético que había imaginado cuando vio pincharse por primera vez a aquel desconocido en un piso del Barrio Chino, sino que conlleva para ella algo mucho mejor: libertad y ligereza.

Pero conseguir heroína, en ese momento, no es sencillo. Hay que tener unos contactos muy específicos. Así que durante muchos meses va a echar de menos esa sensación de libertad y ligereza cuando vuelve del trabajo en San Cugat los días grises y ventosos.

Hasta que alguien le presenta, como salido de la nada, a un joven italiano, delgado, bien vestido, de cabellera oscura y ondulada y tupido bigote, con aires de joven galán de cine de sobremesa.

Es Valerio.

Acaba de llegar de Formentera, pero nació y se crio en Génova y a duras penas chapurrea un poco de español. A Nela le va a caer bien al instante porque parece relajado y tranquilo sin tener que forzar la postura. Sonríe con facilidad y parece un hombre dulce. Es bastante mayor que ella, pero no la mira con condescendencia. Y en poco menos de una hora de conversación, y como si para él no tuviese un valor especial la información que va a ofrecerle, le dice que conoce bien la heroína, es decir, que ha experimentado sus virtudes y maravillas. Y, además, sabe cómo conseguirla.

Voy a comer a un restaurante italiano con mi hermana Carmen, su marido y sus hijos, que han venido a Barcelona para visitar a mi madre. Hemos ido a verla a la residencia en la que lleva más de un año ingresada, tras haber sido diagnosticada de alzhéimer en un grado severo. Después de pasar un rato hablando sobre el presente y el futuro inmediato de nuestra madre, les pongo al día de mi pesquisa sobre Nela. Les hablo de mis últimas entrevistas, mis desplazamientos a diferentes rincones significativos de la ciudad o del descubrimiento de ciertos documentos relevantes, y Carmen me comenta, medio en broma, tal vez simplemente para aliviar la gravedad del momento, que parezco un detective salvaje; es decir, uno de los personajes de la novela de Roberto Bolaño. Supongo que hoy por hoy, cuando uno remite a algún tipo de investigación cultural o libresca relacionada con alguien desaparecido o misterioso, resulta inevitable citar la novela de Bolaño, ya sea con alguna razón de peso o simplemente dejándose llevar por la broma fácil.

Horas después, al pensar en ello, me digo que lo que yo estoy haciendo no tiene mucho que ver con los personajes de Bolaño. Hay algo salvaje en mi búsqueda, porque tiene que ver con la literatura y está guiado por cierta desesperación. Es cierto que los protagonistas de *Los detectives salvajes* y yo compartimos el hecho de andar tras los pasos de una figura que se ha perdido en el tiempo, que apenas es ya un rumor oído de paso y que por eso casi ha adquirido las dimensiones de un mito. Pero Ulises Lima y Arturo Belano lo que pretenden, precisamente, es completar ese mito, engrandecerlo con su odisea y su entrega. Y a lo que yo aspiro es a despejar las brumas de lo legendario, marcado por una visión injustamente negativa, y que emerja de ese modo el retrato más fidedigno posible de lo que fue mi hermana Nela.

A estas alturas, tengo claro que lo que deseo, más que desenterrar a Nela es darle la sepultura que merece, no dejarla tirada, apartada, en un rincón de la historia, sino precisamente cerrar su tumba y colocar encima una lápida en la que pueda leerse su verdadero nombre y el año de su muerte. Quiero que se sepa que existió, que vivió en un momento y en un lugar concretos, y que compartió su suerte, o su infortunio, con un montón de jóvenes que, al igual que le ocurrió a ella, han sido borrados injustamente de la versión oficial, pero merecen ocupar su propio lugar en el pasado; aunque se trate, si es que es así, de un discreto rincón que ya no le interese a nadie.

Y quiero, por encima de todas las cosas, encontrar algo de luz y calidez en toda esa oscura y fría corriente de olvido, una chispa o un simple atisbo que certifique que el paso por esta tierra de Nela, y de esos compañeros suyos de generación, no fue prescindible y doloroso.

Los primeros meses de estancia en Génova fueron como unas vacaciones. Todo tenía un punto divertido, a pesar de las dificultades y las estrecheces. Vivían en el piso de un antiguo amigo de Valerio, Riccardo, en un feo edificio no muy lejos de Villa Imperiale, en la zona de San Fruttuoso. La convivencia entre los tres era ideal, pues Riccardo también estaba en la misma onda que ellos. Es cierto que increpaba a Valerio de vez en cuando, le decía que era demasiado vago, que si se moviese un poco más tendría mucho más dinero y mucho más material, pero no lo hacía de mala fe. Por otra parte, era evidente que a Riccardo, de la misma edad que Valerio, Nela le caía bien, la apreciaba. Cuando se la presentaba a alguno de los muchos amigos o conocidos que pasaban por su casa, Riccardo siempre tenía palabras bonitas para describirla: que era un encanto, que era muy inteligente, que era una chica especial.

Nela ponía todo de su parte para integrarse. El italiano le resultaba asequible, aunque algo más difícil de lo que había pensado en un primer momento y de lo que le había prometido el propio Valerio. Esa endiablada manera de conjugar los verbos. Pero sus carencias gramaticales las suplía con buena disposición y sonrisas inquebrantables. No le costaba hacerse entender.

Valerio y Nela vivían a salto de mata, sin preocuparse por el día siguiente. Además, en Génova hacía muy buen tiempo. Muchos días iban a comer con Riccardo a un sencillo restaurante del barrio viejo, comidas caseras que a los tres les ponían siempre de buen humor. Riccardo iba y venía, tenía sus propios negocios con los napolitanos que trapicheaban cerca del puerto. Siempre tenía hachís.

Durante las primeras semanas, Valerio llevó a Nela un par de veces a ver a su hermano Mario, el formal de la familia, que ya tenía dos hijos: Sonia y Luca. Con Lorenzo, el otro hermano de Valerio, el mayor, a pesar de depender más directamente de él, pues era el contacto directo de Valerio para conseguir heroína, Nela apenas tuvo trato durante esos primeros días, porque parecía moverse en otra esfera de acontecimientos, aunque no iban a tardar demasiado en congeniar e incluso trabar amistad.

Esos primeros días, si Nela se quedaba sola en casa, lo que no sucedía con tanta frecuencia como ahora, procuraba salir a la calle, pasear, intentaba apropiarse un poco más de la ciudad. Se acercaba a los muelles, recorría una y otra vez la Piazza de Ferrari, entraba en el jardín del Palazzo Reale, sede del Museo Nacional de Génova. Pero ahora no sale nunca si está sola, prefiere quedarse en el piso, sentada en uno de los sillones del salón, escuchando música, intentando leer o recorriendo una y otra vez las habitaciones vacías.

Hace más de un mes que se mudaron de apartamento. Están en casa de una conocida de Valerio, Giulia. Está en la tercera planta de una finca muy antigua al lado de la universidad; en el puro centro, como quien dice. El edificio no tiene ascensor, sino una ancha escalinata que, a medida que asciende, va estrechándose. Sin duda, ese edificio debió conocer tiempos mejores, hará cosa de un siglo, porque en la actualidad, como prácticamente todo en Génova, parece medio abandonado; el inmueble no está sucio, pero sí bastante maltrecho, con fragmentos de escalones rotos y las paredes desconchadas.

El apartamento, con cinco habitaciones de techos altísimos, a pesar de los esfuerzos de la tal Giulia, que pintó las paredes de un suave tono ocre y también los cuarterones de las viejas puertas de madera de un potente azul marino, transmite la misma sensación que el resto del inmueble, todo en él parece viejo. Además, la penumbra constante, provocada por la estrechez de la calle a la que dan las ventanas, no ayuda. Es tranquilo, eso sí, tan solo se oye el ruido del tráfico por las mañanas, cuando los camiones de reparto se esfuerzan por abrirse paso entre los coches aparcados de cualquier manera.

Una de las habitaciones es una especie de estudio en el que los cuadros de la dueña del piso acumulan polvo desde hace meses. Porque a pesar de que Valerio le dijo, cuando llegaron a finales de septiembre, que iban a convivir en ese enorme apartamento con Giulia, Nela no ha llegado siquiera a conocerla.

La tal Giulia no ha hecho acto de presencia, pero por el piso han pasado montones de amigos y conocidos de Valerio, todos ellos italianos a excepción de un tipo holandés que se presentó un domingo recién llegado de Afganistán, con la única referencia del nombre de Giulia, y acabó quedándose a dormir un par de noches. Las personas que se han dejado caer por allí, tanto las habituales como las que estaban de paso, son gente más o menos en la onda, gente del rollo, como las llaman en Barcelona, aunque Nela en ningún momento ha llegado a sentirse del todo cómoda con ellos; no son como los amigos de Riccardo.

En ese apartamento, al verse rodeada por todos esos desconocidos, fumando hachís y charlando sin parar, a Nela no le invade ya la misma sensación de emancipación y de posibilidad que sentía tiempo atrás. Empieza a darle la impresión de que falta algo, un detalle imprescindible que ha desaparecido y que resulta imposible recuperar a pesar de ponerlo todo de su parte.

Tal vez se deba a que esos jóvenes italianos hablan mucho de política, con un tono entre indiferente y petulante, sin esforzarse lo más mínimo por que Nela logre hacerse una idea precisa del contexto de la conversación. De repente, se acaloran y discuten sobre el movimiento obrero, los democristianos, las Brigadas Rojas u Ordine Nuovo; que son los términos que ella ha podido aislar y entender.

El tema de la política es uno de los que más le ha llamado la atención a Nela desde que llegó a Génova. Ella creía que iba a encontrarse no solo con una tierra hermosa, moldeada por una historia artística y cultural rica y brillante, sino también con una sociedad más avanzada que la española, menos traumatizada; más alegre, en definitiva. Y es cierto que la ciudad es bonita, decadente, sucia y dejada, pero precisamente por eso linda, ubicada en un rincón geográfico precioso. Pero también es cierto que, nada más bajar del barco, Nela se topó con una sociedad tensa, conmocionada y marcada por una evidente inquietud, en la que todo parecía estar al borde de un estallido de no se sabe muy bien qué. La inquietud generalizada y el miedo electrizan el ambiente. Sin duda por todo lo que está ocurriendo en el norte del país, con las protestas, las manifestaciones y, sobre todo, con los atentados terroristas y las masacres de los grupos de extrema derecha y también de extrema izquierda, algo de lo que apenas había tenido noticia hasta llegar a Italia. Hace menos de un mes, de hecho, en Roma, la capital del país, secuestraron y asesinaron al expresidente Aldo Moro.

Tras las primeras semanas, Nela llegó a pensar que la democracia italiana, presidida por un malestar y una incomodidad casi insoportables, no resultaba demasiado distinta de lo que ella había conocido durante los últimos años de la dictadura de Franco. Porque, además, la gente en Génova, sobre todo las personas mayores, se muestran igual de intolerantes y de puritanas que en España respecto a la nueva manera de entender el mundo y los nuevos modos de vida. El peso de la religión católica, por ejemplo, es aquí incluso más palpable.

La ilusión y la energía con la que Nela había afrontado ese viaje a Génova, que en principio no tenía billete de vuelta, ha ido apagándose, junto al anuncio del otoño, a un ritmo mucho más acelerado de lo que ella habría deseado.

Cuando Valerio le propuso ir a Génova, estando en La Floresta, en un principio no supo qué pensar. La posibilidad de irse a vivir al extranjero, a un país como Italia, le pareció demasiado buena para ser verdad. Fueron muchos los inconvenientes que le señaló a Valerio: no hablaba italiano, no disponía de dinero, no tenía allí perspectiva laboral alguna... Pero él fue desmontando sus reparos uno tras otro: aprendería a hablar italiano en muy poco tiempo, no solo era muy fácil, ella era muy inteligente y capaz; él disponía de algo de dinero, durante las primeras semanas apenas tendrían gastos y no iba a tardar en tener ingresos; una chica despierta como ella, en Génova iba a disfrutar de muchas oportunidades...

Y eso sin olvidar el tema principal: lo relativamente sencillo que les resultaría conseguir heroína. En Génova, Valerio tenía contactos directos como para poder disponer de droga casi a voluntad; o al menos eso fue lo que le hizo creer a Nela. Así que ella acabó aceptando la propuesta y, como solía ser su costumbre, se lanzó con todo, sin plan B y sin mirar atrás.

No mostró ningún reparo, por ejemplo, a la hora de hablar con sus padres para que le diesen permiso para hacerse el pasaporte. Les mintió, obviamente, sobre las perspectivas de lo que le esperaba en Génova. Les dijo que tenía casi un contrato firmado para trabajar en unos grandes almacenes. Sus padres, una vez asimilado el *shock* que había supuesto su huida de casa, y a pesar de que no comulgaban con sus ideas ni con su estilo de vida, al comprobar que, mal que bien, Nela iba saliendo adelante, volvían a tratarla con el mismo frío interés y la incomprensión de siempre. Prometió escribirles cartas con regularidad y llamarles por teléfono siempre que le fuese posible, porque las conferencias internacionales eran carísimas.

Llegaron a Génova tras un lento pero excitante viaje en barco y parecían llevar con ellos el verano. Es cierto que Nela notó una extraña punzada en la boca del estómago al poner el pie en la ciudad de la Liguria, pero se esforzó mucho en no darle la menor importancia; se dijo que ese anuncio de congoja se debía a la falta de costumbre, a no haber salido nunca de su país. Durante los primeros días, todo fue nuevo y sorpresivo: el olor del salitre en el aire, mucho más notable que en Barcelona, los enormes adoquines de las calles, los gritos incomprensibles, la ropa tendida en los cables entre edificios en las callejuelas más estrechas, la luz, tan clara, el sabor de la pasta y del vino blanco de la región...

Ahora, sin embargo, apenas come. Nunca tiene hambre debido a unos molestos dolores de estómago.

En esas primeras semanas, hicieron un poco de turismo. Incluso fueron a la playa, aunque en esa zona de Italia las playas no son de arena fina, como en Cataluña, sino que están plagadas de piedras y rocas. Valerio le mostró orgulloso, aunque con cierta displicencia que parecía haber aflorado en su carácter al llegar a su ciudad, los lugares más destacados de Génova. Porque Nela no sabría especificar exactamente el motivo, pero Valerio le pareció mucho más italiano aquí, en Italia, que en La Floresta; era como si aquí encajase por completo, incluso a pesar de sus ideas y su apuesta por un modo de vida alternativo. Tal vez se debió a la euforia de saberse en su sitio lo que provocó que Valerio elevara el tono de sus promesas.

Pero una vez pasado el verano y la novedad, Valerio ha estado muy ocupado. En muchas ocasiones ha pasado el día entero fuera de casa. Como es muy reservado, incluso tímido, a pesar de su pose de bailarín discotequero, a Nela le cuesta siempre preguntarle sobre temas que él no quiere tratar directamente. Apenas le cuenta nada de sus andanzas por la ciudad, pero por lo que Nela ha podido intuir o rescatar de fragmentos de conversaciones con amigos o con ella misma, es muy posible que le dé vergüenza admitir a qué se dedica para conseguir droga.

La heroína, en cualquier caso, va llegando con regularidad; aunque en mucha menor cantidad de lo que Valerio le había prometido. Tienen que racionarla para que les dure tres o cuatro días. Nada de compartirla cuando vienen amigos o conocidos. Valerio, de hecho, no se pincha todos los días. Es capaz de mantener ese ritmo y de no dejarse llevar por el ansia ni la necesidad. Le asegura a Nela, una y otra vez, que es posible controlar la heroína como puede controlarse el hachís o el ácido, valerse de ella, disfrutar de todo lo bueno que puede dar y no verse arrastrado por el lacerante sentido de carencia. También le ha dicho, para justificarse, que está llegando mucha menos heroína a la ciudad, que ha cambiado la legislación en el país y que el control y las condenas por posesión o tráfico son ahora mucho más duras que hace un par de años. La demanda ha aumentado y la oferta ha decaído. Por ese motivo, los precios han subido mucho. Es decir, conseguir heroína en Génova, a pesar de lo que le había prometido en La Floresta, es igual o más difícil que conseguirla en Barcelona.

Valerio, quizá movido por el sentimiento de culpa al dejarla tantas horas sola en casa sin darle apenas explicaciones, no la reprende cuando Nela empieza a consumir con algo más de frecuencia. A ella sí le acucia la necesidad. Una necesidad motivada por sensaciones y pensamientos que, hasta entonces, había sido capaz de controlar por otros medios.

Porque en Génova, tras los primeros meses, una vez agotado el empuje y la ilusión que la habían motivado a dar ese salto, empezó a crecer en su interior un animal salvaje que ella siempre había entendido como pequeño, manejable e incluso amistoso. Una suerte de melancolía autónoma que, poco a poco, cuando no está colocada, va ocupando nuevos rincones de su conciencia.

En esos momentos de angustia, intenta leer, pues siempre ha encontrado refugio en la lectura. Ahora, además, ha descubierto el mundo de los cómics, más baratos que los libros y más asequibles desde su limitado dominio del italiano. También hay muchos discos en la casa de la tal Giulia, de Mina, de Lucio Battisti, de Umberto Tozzi, que en un principio a

Nela le gusta escuchar, pero que a esas alturas no hacen sino solidificar esa melancolía suya que empieza ya a tener otro nombre.

A pesar de sus esfuerzos, la cosa no mejora cuando está con los amigos de Valerio. Los juzga sin pretenderlo, porque se siente de menos con ellos. Todos tienen estudios, o eso parece. Hablan con propiedad, con una seriedad extrema, de cualquier tontería, como si los estuviesen entrevistando en un programa de la televisión. Tienen ideas consistentes que a Nela cada día le cuestan un poco más entender, porque no le interesa lo que hablan. Tras irse de casa, cuando frecuentaba la plaza Sant Felip Neri o el Café de la Ópera le bastaba una pose, un gesto para sentirse integrada en cualquier charla, por complejo que fuera aquello de lo que se hablaba. Pero ahora es distinto. Cuando quiere decir algo se le traba la lengua y queda en evidencia ante todas esas personas formadas y cultas. Por otra parte, todos y todas parecen tan preocupados por cómo visten, por cómo se les ve desde fuera... Siempre quedan bien en las fotos.

Por eso Nela se pregunta dónde ha ido a parar el sentido de esperanza, de cambio y de futuro. Es como si se hubiese volatilizado de la noche a la mañana. ¿Se debe a haber cambiado de entorno o tan solo había sido un hermoso espejismo?

En ese entorno, cuando no está colocada, Nela se siente más insignificante que nunca, porque ni siquiera puede echar mano de su rabia para oponerse, ni puede utilizar su valentía o astucia, porque no encaja en los códigos del grupo. Y cuando se lo comenta a Valerio, este le dice que no piense en esa clase de tonterías, que exagera, que ella es una más, que no hay ninguna distancia. Que todo irá bien. Y también le dice que la quiere. Por eso ella se ve empujada a sacar lo mejor de sí misma.

Pero Nela sabe lo que siente en sus tripas. Siempre ha confiado ciegamente en su intuición. Y lo cierto es que está a años luz de todas esas personas, sobre todo de esas mujeres dispuestas, guapas, inteligentes, formadas y cultas; porque así es como ahora las ve ella. No ve en un futuro cercano la más mínima posibilidad de transitar un camino similar al de esas chicas. Y eso no le gusta nada porque a la melancolía viene a sumarse la desasosegante sensación de encontrarse de nuevo en la casilla de salida, aunque sin ruta alguna en el horizonte y con un único plan de escape.

Sin embargo, todo eso deja de importarle cuando se pincha. El mundo al completo pasa a un segundo plano. Nada pesa, nada la hiere. Poco importa el futuro. El presente, ese presente construido por la heroína, lo es todo. Y del anuncio de un infierno inminente pasa a la satisfacción de un paraíso en el que todo es ligereza.

Cuando empieza a pincharse sola, en el piso de Giulia, es consciente de que ha traspasado una nueva frontera. Ha iniciado una historia de amor, porque de momento solo hay amor. Se está enamorando de ese dulce refinamiento, de esa delicadeza que la arrastra lejos sin moverla del sitio en el que se encuentra. Se está enamorando de ese destello que inunda su cuerpo y su mente cuando la heroína recorre sus venas y le llega al cerebro.

La heroína es como un espejo que no le devuelve una imagen de fragilidad. Y eso, para ella, a esas alturas de su vida, es la pura calma. Ese extraño nuevo amor, por otra parte, parece liberarla del deseo sexual, porque, de algún modo, la jeringuilla es un sustituto, es ya una consumación del sexo; como sin duda intuyó la primera vez que vio pincharse a aquel desconocido en un piso de Barcelona.

Valerio es dulce y considerado, lo quiere de verdad, pero no puede darle lo que le da la heroína.

La inmensa mayoría de los españoles, a principios de los años setenta, no tenían noticia de la existencia de una droga llamada heroína. Y lo mismo podía decirse de Italia. Tan solo unas pocas personas, pertenecientes a clases sociales privilegiadas y con un elevado nivel cultural, tenían acceso a esa droga. La heroína todavía estaba vinculada a una élite porque, además, no resultaba sencillo encontrarla. Tan solo podían conseguirla aquellos que disponían del dinero y los medios suficientes para viajar al extranjero, ya fuera a Tailandia, Turquía o Ámsterdam, primer puerto europeo de llegada en esa época.

Entre 1975, tras la muerte de Franco, y 1978, cuando se aprueba la Constitución, es cierto que aumentan los consumidores en España, pero se trata todavía de un número apenas significativo; al igual que ocurre en Italia. Aquellos que frecuentaban ambientes contraculturales, como es lógico, habían oído hablar de esa droga e incluso podían conocer a alguien que o bien la consumía, o bien traficaba con ella a muy pequeña escala; porque, en un principio, el típico proveedor de heroína tenía que ser amigo o conocido. El tráfico de heroína en la calle, en cualquier caso, podía definirse como insignificante, a pesar de que España era ya una estación de paso para el comercio internacional.

Hasta casi el final de los años setenta, la heroína era entendida en España, básicamente, como una droga más. De hecho, tan solo a partir de 1978 se empezó a hablar de ella en los medios de comunicación. Pero la atención prestada, o mejor dicho el tono del discurso en relación con esa droga, pasó de la nada al todo: de desconocerse prácticamente su existencia a hablar de «epidemia»; una epidemia que, como ya se ha indicado, todavía no respondía a realidad social alguna.

Desde 1978, y en menos de dos años, se escribieron decenas de artículos en medios de prensa asegurando no solo que la droga, en particular la heroína, mataba, sino asociando su consumo al ejercicio de la delincuencia, como si se tratase de un proceso natural. Es decir, el heroinómano, del que apenas se tenía todavía noticia a pie de calle, fue un personaje asociado a la delincuencia desde el primer momento, porque la imperiosa necesidad de conseguir su dosis de heroína, de mantener su estilo de vida, le obligaba a delinquir de un modo u otro. Lo cual no deja de ser curioso, porque la heroína, como todos los derivados del opio, es un depresor del sistema nervioso central.

Todos esos artículos y reportajes en los medios de prensa, sin embargo, pensados en apariencia para disuadir de manera preventiva, provocaron el efecto contrario: despertaron un creciente interés entre los jóvenes por esa droga de poderes ilimitados, capaz de someter a aquel que la consumía hasta convertirlo en un malhechor, en enemigo del orden social, y, en último término, en despojo humano.

Porque luego estaba la visión cultural que sirvió de trasfondo para completar la imagen del heroinómano delincuente. La literatura, las películas y la música fueron creando la imagen prototípica del consumidor de heroína, una imagen que no tenía diferentes posibles enfoques, sino una única interpretación, unitaria y definida con total concreción. De ahí que se entendiese ya desde finales de los setenta, tanto en España como en toda Europa, que uno de los detalles fundamentales que caracterizaba al yonqui, por encima incluso de su consumo, era su estilo de vida: degradante, marginal, moralmente ofensivo, carente de cualquier sentido de la convivencia.

De ese modo, la imagen del yonqui quedó bien establecida.

Sin embargo, a finales de los años setenta, el consumidor de heroína era, básicamente, un sujeto desinformado. Como indica Guido Blumir, en el libro *Eroina, Storia e realtà scientifica:* «El típico consumidor de heroína en el 75, en el 76, no es el bicho raro, el marginado, voluntario o no, que vive en la calle; ni tampoco un pequeño burgués neurótico peleado con su familia. Se trata de un chaval normal, pequeño burgués o proletario, que nunca ha visto otras drogas, al que nadie le ha explicado que la heroína es físicamente adictiva. Es víctima de la desinformación».

Los consumidores de heroína, por otra parte, poco a poco fueron interiorizando el prejuicio que de ellos se tenía: la imagen, la identidad y el patrón de comportamiento que de ellos se esperaba. Los consumidores ya existentes y los nuevos adoptaban, casi de manera automática, un estilo de vida y unas pautas de comportamiento que parecían vinculadas de manera natural al uso de la heroína.

La heroína es una droga que no solo facilita el olvido, sino que favorece la resignación, la aceptación de lo supuestamente irresoluble. Tal vez por ese motivo, la heroína fue la primera droga que, habiendo nacido como vía de exploración, de expansión de la conciencia, pasó a convertirse en una droga refugio; lo cual podría estar relacionado también con su origen medicinal. Es decir, tras el movimiento *hippie,* el Mayo del 68 y el sueño de la revolución íntima y social, se impuso una droga que ya no entrañaba comunión, sino que se circunscribía a lo individual, a lo privado.

En ese sentido, Vanessa Roghi, en su libro *Piccola città,* dice que la heroína «se convirtió en el correlato objetivo de la pérdida del sentido de compromiso y del retorno a una dimensión que ahora se denominaba "individual" pero que pronto iba a pasar a llamarse "privada", dando a ese adjetivo una connotación negativa».

Lo que llegó después, en los años ochenta, a lo largo y ancho de Europa y no solo en España, fue una verdadera pesadilla asociada a la heroína, una epidemia generalizada que afectó a cientos de miles de consumidores, muchos de los cuales murieron por sobredosis, adulteración de la droga o, posteriormente, debido a la irrupción del sida.

Pero mi hermana Nela no tuvo nada que ver con esa epidemia generalizada, ni con la sordidez asociada a ella, ni mucho menos con la delincuencia que retrataban las películas de quinquis de Eloy de la Iglesia o José Antonio de la Loma. Su relación con la heroína no se prolongó demasiado en el tiempo, poco más de un año como consumidora habitual, entre 1978 y 1979, y guardó mucha mayor relación con los pioneros del consumo de dicha sustancia en España y en Italia; es decir, con la contracultura y las clases más o menos acomodadas.

Yo no tenía constancia de ese dato, para mí ahora fundamental, cuando me enteré de que Nela había sido consumidora de heroína. Lo supe, por lo demás, en la segunda mitad de los años ochenta y, por eso mismo, había ya asimilado por completo la inmensa carga negativa, el prejuicio, la impenetrable oscuridad que, en el ámbito social, político y cultural, rodeaba cualquier aspecto que tuviese que ver con la heroína. De manera automática, por puro desconocimiento y también por miedo, como tantas otras veces en relación con mi hermana, metí a Nela en ese cajón de sastre retrospectivo, el de la «epidemia de la heroína» que, en realidad, se instauró en España durante la década posterior a su muerte. Es decir, hice con ella lo mismo que hicieron los poderes fácticos con la contracultura de esos años al completo: meterla en un saco que no le correspondía para que todo resultase más manejable; aunque, en mi caso, fue por simple desconocimiento.

Para mí, antes de saber lo que le había ocurrido a Nela, la heroína formaba parte del inevitable paisaje de fondo de mi infancia y de mi primera adolescencia. Podías encontrar jeringuillas tiradas en el interior de casas abandonadas, entre los setos de parques poco frecuentados e incluso en el rincón más oscuro de la entrada de un aparcamiento subterráneo. Podías ver de vez en cuando una cucharilla de café ennegrecida sobre el lavamanos sucio de algún bar de baja estofa, de los que todavía abundaban por el barrio. Oías historias sobre jóvenes de la calle o del barrio que habían caído en ese infierno del que hablaban los telediarios y los periódicos. Y después estaban aquellas películas de quinquis que pretendían mitificar aquel modo de vida, historias tristes y deprimentes de final trágico, que poco o nada tenían que ver con el brillante futuro que prometían la Transición y la Movida.

Esos viciosos, los consumidores de heroína, parecían elementos egoístas con la única voluntad de romper el armónico *statu quo* del prometido bienestar económico.

Ocho meses después de su salida del país, Nela volvió a España. Llegó en barco a Barcelona el 29 de noviembre de 1978. No pensaba quedarse mucho tiempo en la ciudad, apenas un par de días. Iba camino de Valencia. Se les había presentado la oportunidad, a Valerio y a ella, de compartir un piso muy grande en el centro. El alquiler que les pedían era casi simbólico. Pero Valerio no vino con Nela, tenía que ocuparse de unos asuntos en Génova y se encontrarían directamente en Valencia.

Su llegada al piso de la calle Gomis fue todo un acontecimiento. Se presentó allí poco menos que como un personaje de las revistas del corazón. Nela la viajera. Nela la cosmopolita. Tal vez esa soltura se debía a que en casa tan solo nos encontrábamos mi madre, Carmen y yo. Habló de lo bien que se lo había pasado en Génova, de lo mucho que había aprendido. «Ahora hablo italiano perfectamente», aseguró. Parecía llena de energía, aunque sin duda estaba más delgada. Y se comportaba como si la relación con mis padres siempre hubiese sido fluida y armónica.

A pesar de eso, no dejó de afirmar que solo iba a poder quedarse allí un par de noches.

Por otra parte, y según nos explicó durante la comida, de Génova, además de recuerdos, buenas experiencias y aprendizajes, Nela se había traído otra cosa. Había contraído la hepatitis. En casa nadie sabía muy bien en qué consistía esa enfermedad, pero sin duda la delgadez y el tono ligeramente amarillento de su tez debían formar parte de los síntomas. «Pero me encuentro bien», remató Nela. Mi madre, que aplicaba siempre la misma lógica cuando se trataba de alguna dolencia de sus hijos, le dijo que si se quedaba un par de semanas en casa, si comía en condiciones durante esos días y descansaba, la hepatitis esa se la curaba ella en un plis plas. Nela insistió en que se encontraba bien, que la hepatitis en realidad era una enfermedad de escasa relevancia que acababa desapareciendo sola con un poco de paciencia. No nos dijo nada de sus recurrentes dolores estomacales, ni mucho menos de su falta de apetito.

Había traído regalos para todos y los repartió al acabar la comida. Pero justo después de que yo regresase a la escuela y de que mi madre se fuera a la cocina, Nela le contó a Carmen la cara oculta de su estancia en Génova. Le habló, en definitiva, de su consumo de heroína. Para Carmen, que tenía en ese momento dieciséis años, que estudiaba segundo de BUP en el Colegio Cristo Rey, que apenas sabía nada de la vida, esa confesión la descolocó. Carmen nunca había sido precoz en nada, al contrario que Nela, lo suyo era el baloncesto y tontear con los chicos manteniendo siempre una distancia de seguridad. Pero, de repente, se vio incluida en una conversación sobre uno de los temas tabú del momento.

Porque Carmen no sabía gran cosa de la vida adulta, pero sí había podido entender, gracias a las noticias y a los comentarios que corrían por todas partes, que todo lo que rodeaba a la heroína era oscuro y peligroso. No era como los porros, que ella se había atrevido a probar el verano anterior. No tenía nada que ver con esas drogas psicodélicas de las que hablaban las canciones de los grupos de los años sesenta. La heroína, por lo que había oído decir, mataba a los que la consumían.

Como solía ocurrirle cuando el miedo la atenazaba, Carmen se quedó quieta y escuchó a Nela, sin más. Intentó componer una mueca más o menos agradable que no la hiciese parecer una timorata, pero apenas iba a retener nada de lo que nuestra hermana le contó. Y eso que Nela hablaba sin parar, a toda velocidad. Le contó, por ejemplo, que habían tenido que marcharse de Génova porque, a esas alturas, a Valerio le resultaba muy difícil encontrar heroína, que cada vez era más peligroso y también caro lograr sus dosis, y que sabían que en Valencia la heroína no solo era más barata, sino que estaban haciendo allí unas pruebas con «heroína sintética» o algo parecido.

Carmen también obedeció de manera robótica cuando Nela le pidió que la ayudase con «una cosa». Le pidió, en primer lugar, que le consiguiese una cucharilla de café y un vaso de agua. Después se encerraron en la que antaño había sido la habitación de las dos y donde todavía estaban las literas que les hizo nuestro padre, con los laterales forrados de formica verde.

Carmen, sentada en la silla del escritorio, enajenada, desde una distancia irreal que no se correspondía con los escasos metros cuadrados que delimitaban la habitación, observó cómo Nela sacaba un pequeño neceser de tela de su maleta. De él extrajo una jeringuilla, una aguja hipodérmica que no parecía precisamente limpia, una larga tira de goma de caucho marrón y un encendedor de color azul. Lo colocó todo sobre el escritorio. Después rebuscó con afán en el bolsillo pequeño de sus vaqueros y sacó de él un diminuto pliego de papel de aluminio.

Carmen la vio verter la droga junto a una mínima cantidad de agua en la cucharilla y calentar la disolución con el mechero, desde abajo. El líquido burbujeó hasta adquirir una tonalidad oscura, como de caramelo. Luego Nela colocó la aguja en la jeringuilla, la acercó al líquido de la cucharilla y lo succionó.

Carmen estaba absorta. Su capacidad de juicio había quedado suspendida. Sin duda se trataba de un gesto de protección, porque iba a recordar esa tenebrosa experiencia el resto de su vida.

Nela la sacó de su ensimismamiento. Le pidió que la ayudase con la goma de caucho, porque al parecer no se le daba bien lo de hacerse un torniquete a la altura del bíceps que no fuese ni muy fuerte ni demasiado laxo. Carmen, de nuevo como un robot, comportándose como la chica buena que siempre intentaba ser, obedeció. Tiempo después, al pensar en ese gesto suyo y sobre todo en la petición de Nela, le dio la impresión de que aquella solicitud había sido gratuita, fingida y, por encima de cualquier otra cosa, malintencionada. ¿Por qué me pidió algo así?, se preguntaría. Estaba claro que Nela tenía muy por la mano todo el proceso.

Cuando apreció la mueca de contrariedad de Carmen, Nela, notando ya los primeros efectos de la heroína en su cerebro, la miró a los ojos con una demoledora condescendencia. La incomodidad de Carmen, sus ganas de salir corriendo de allí, debían de resultar demasiado evidentes. Nela se recostó en la silla y estiró las piernas, con una media sonrisa dibujada a miles de kilómetros de distancia en su rostro. Eres una mojigata, le dijo. Siempre has sido una mojigata.

En ese momento, Carmen, que también se sentía alejada del mundo al completo, como lanzada en un cohete sin piloto hacia el espacio exterior, ni siquiera fue capaz de sentirse ofendida.

Porque Nela añadió, con un hilo de voz: Todavía no lo sabes, pero tú también acabarás pinchándote.

El proceso que llevó al rencor fue casi matemático, fácil de entender. El sentimiento de culpa acabaría adquiriendo forma porque Carmen, en ese preciso instante, decidió retirarle la palabra a Nela.

Ocurrieron varias cosas durante la estancia de Nela en Barcelona de las que yo, obviamente, no fui consciente, secretos que iban a tardar mucho tiempo en salir a la luz; como lo ocurrido con Carmen. Sin embargo, para mí, aquella visita de Nela fue algo especial por dos motivos. El primero, Nela me hizo un regalo valiosísimo: un cómic de los Barbapapá en italiano.

A mí ya me apasionaba la serie de televisión *Barbapapá,* de producción holandesa, que se había estrenado en España en 1978. Se trataba de una infinidad de capítulos de tan solo cinco minutos de duración en los que se explicaba una breve historia relativa a alguno de los miembros de la numerosísima familia Barbapapá. Los Barbapapá eran unas criaturas de colores básicos y carácter humanoide capaces de adoptar cualquier forma imaginable. Eran alegres, cariñosos, bien avenidos y dispuestos y, además, eran progresistas, feministas y ecologistas. Es decir, una exitosa adaptación al terreno de la literatura infantil del hipismo e incluso de la contracultura; aunque nada de eso era entonces relevante para un niño como yo. El cómic que me regaló, y que todavía conservo, era *Barbapapà cerca casa,* donde la familia tiene que encontrar un nuevo hogar al que acomodar las necesidades de cada uno de los miembros; un hogar que acaban construyendo ellos mismos con materiales sostenibles. En la primera página, en letras muy grandes, escribí mi nombre y mis dos apellidos, así como la dirección de nuestra casa; como si el cómic fuese a salir de allí alguna vez. Me hizo mucha ilusión el regalo, a pesar de no entender nada de lo que decía.

El segundo recuerdo memorable de esa estancia de Nela en casa fue una siesta que hicimos juntos en su habitación. No soy capaz de recordar por qué ella insistió en que durmiésemos en la misma cama, aunque quiero creer que fue por puro cariño, por tenerme cerca después de casi un año sin verme. Dormimos en la cama de abajo de la litera. Ella no llevaba puesta ni camiseta ni la parte de arriba del pijama. Es decir, durmió con los pechos al descubierto. Cabe suponer que era su costumbre, además de su manera de comportarse, natural, sin ceder a moralismos. A saber qué habría llegado a decir nuestra madre de haberse enterado. Aunque, ahora es fácil pensarlo, es posible que esa manera de comportarse tuviese algo que ver con el consumo de heroína. En cualquier caso, el hecho de que estuviese desnuda me impidió conciliar el sueño.

Ella sí durmió durante un buen rato y despertó de muy buen talante. Me pidió que le diese un beso en el pecho desnudo, que eso era lo que siempre hacía Valerio cuando se despertaban.

El 20 de mayo de 1979, se celebró mi primera comunión. La ceremonia religiosa tuvo lugar en la iglesia de Santa Cecilia, en el paseo de Sant Gervasi; la misma en la que tomaron la primera comunión mis tres hermanos. El convite, contra mi voluntad, se hizo en el salón de nuestra casa. Yo habría querido que se celebrase en un restaurante, como había visto hacer a todos los amigos de la calle a cuyos convites había sido invitado. Mis padres se negaron a darme ese gusto aduciendo que era demasiado caro. En las escasas fotos que quedan del evento, se aprecia el psicodélico papel con cenefas naranjas que cubría las paredes del salón, así como el bigote nutrido de mi hermano Paco y el peinado a lo Kate Jackson de Marga. Yo, como siempre, muestro un aire ausente en esas instantáneas, algo melancólico. Me sentía muy decepcionado porque creía que no había estado a la altura de lo que se esperaba de mí y que mis amigos acabarían burlándose de mi fiesta, pobre en comparación con las de ellos. Pero la decepción tenía otro motivo añadido. Esperaba y deseaba la llegada de mi hermana Nela. Pocos días antes me había escrito una carta, desde Valencia, para decirme que seguramente no iba a poder acudir, porque no tenía dinero y, además, no le gustaban especialmente las cosas de la Iglesia. De algún modo, yo esperaba que Nela le aportase a la fiesta otro aire, algo de diversión y singularidad, restándole una pizca de grisura a todo el conjunto. Pero Nela no apareció.

Días después, llegó un regalo suyo por correo: una hucha en forma de camión de bomberos de porcelana. Era un detalle bonito, pero no había modo de jugar a nada con él, tan solo era decorativo.

Se habían propuesto que a partir del cumpleaños de Nela, que era en septiembre, todo fuese diferente, pero no ha cambiado prácticamente nada. Si acaso, todo se ha vuelto un poquito más complicado. Entre otras razones, porque el dinero escasea, llega con cuentagotas y hay que racionarlo partiendo siempre de la necesidad principal: la heroína. Pero no porque la droga domine sus vidas, se trata de una elección personal. Da la impresión de que resulta más fácil conseguirla que hace unos meses, cuando aún estaban en Génova, pero resulta evidente que es de peor calidad. A saber con qué clase de porquería la estarán cortando ahora que es blanca y aséptica como los polvos de talco.

Están a las puertas del otoño, Nela tiene ya veintiún años, pero las perspectivas de futuro parece que se reducen en lugar de mejorar. Es cierto que va a volver a cuidar de Roberto, el niño de la familia G.E., pero sabe que, después de sus numerosas ausencias previas a las vacaciones, van a estar con la mosca detrás de la oreja con ella. Le llamaron la atención un par de veces y, a pesar de haberse mostrado siempre muy comprensivos con su manera de ser, el ambiente no es el más propicio para que se sepan las costumbres de ella y de Valerio.

Porque por todas partes hay anuncios sobre las drogas, como los de esa horrible campaña de las esquelas mortuorias. Enciendes la tele, que Nela solo ve en el bar de debajo de casa, cuando le apetece tomarse un café, y aparecen noticias sobre los peligros de la heroína y la delincuencia asociada a esa droga. En la radio igual. A veces, cuando llega la hora de su dosis, se siente observada, juzgada como si se tratase de una enemiga del pueblo.

Ha cambiado de manera radical la tolerancia y la comprensión social respecto a modos de vida alternativos. Hay más tensión y agresividad en la calle, incluso entre la gente del rollo. Se ha pasado de la ilusión al desencanto, y de ahí a cierto grado de desesperación, a una velocidad desconcertante.

Pero Nela, a pesar de todo, sigue esforzándose por mostrarse posibilista y enérgica. Es cierto que ha notado esa transformación a su alrededor, como si el mundo entendiese a los que son iguales que ella como una especie de virus que hay que expulsar de la sociedad. Nela intenta ser optimista, pero no puede negar que, desde que llegó a Valencia, y de manera totalmente inopinada y espontánea, ha sentido varios bajones considerables —algo parecido al atisbo de una depresión— que la han dejado fuera de juego durante un par de días. Uno de esos bajones, de hecho, la llevó a quedarse en casa y no acudir a cuidar de Roberto.

Roberto es un encanto, un niño especial. No ve el mundo como lo ven los demás niños, aunque Nela se niega a definirlo como enfermo. Acude a un centro de educación especial, porque nunca lo aceptarían en un colegio normal, pero eso no quiere decir que no tenga una sensibilidad propia y que la exprese como buenamente puede. A Nela, en cualquier caso, le encanta cuidar de él, a pesar de que, cuando su propio estado de ánimo no anda precisamente por las nubes, Roberto la lleva a reflexionar sobre todas las cosas que no le gustan de este mundo.

Durante las vacaciones de verano, Nela estuvo en Francia un par de semanas de agosto, tan solo quince días porque el físico no le da para más ahora que está tan delgada. Tuvo que llevarse consigo todo su arsenal. Porque gracias a la estrecha relación que había trabado Valerio con una farmacéutica del barrio, podía conseguir con relativa facilidad tanto Valium como codeína, imprescindibles para ella si quería pasar unos días fuera.

Nela se llevó también un buen puñado de cómics. Adora los cómics desde que estuvo en Génova. Valerio tiene un amigo quiosquero y también un conocido que vende libros y revistas de segunda mano, así que en casa tienen ahora montañas de cómics que Nela consume con verdadera pasión. Le gustan porque, de algún modo, unen dos de las cosas que más le interesan y divierten: los libros y las películas. Leer y ver imágenes la ayuda a no pensar en que hace mucho tiempo que no va al cine.

Antes de que Nela se marchase a Francia, pasó unos días por Valencia una prima de Valerio, Mariella, con la que Nela estableció lo que podría haber llegado a ser una intensa amistad. Nela le enseñó la ciudad al completo, la llevó de un sitio para otro en taxi, porque hacía mucho calor esos días y, además, lo de caminar nunca fue lo suyo. Le encantó practicar el italiano con alguien. Mariella se habría quedado más tiempo en Valencia, pero, a decir verdad, la vida que ellos llevan no es la más adecuada ni deseable para tener invitados. Incluso a esas alturas, en una época en la que muchas cosas han dejado de preocuparla, Nela entiende que si no estás en la onda de la heroína, tener que pasarte el día pensando en cómo y dónde conseguirla no resulta en absoluto divertido. No se puede obligar a nadie, y menos a un ser querido que ha venido a verte, a vivir a salto de mata, a improvisar y cambiar de planes constantemente. Lamentó que Mariella se fuese, pero era lo mejor para todos.

Nela y Valerio siguen en el mismo piso, viendo entrar y salir a decenas de personas, conviviendo con

Pili, Ana y Luis porque no pueden permitirse pagar un alquiler más elevado en algún otro rincón de la ciudad y tampoco tienen una perspectiva clara de hacia dónde pueden ir las cosas pasado mañana. En cierto sentido, ahora se ven a sí mismos como dos náufragos, a pesar de hacer exactamente lo mismo que poco tiempo atrás les había llevado a experimentar la alucinante libertad de los pioneros. Lo más curioso y agradable de ese viraje de la percepción de la realidad es que Nela y Valerio están ahora más unidos que nunca. A pesar de su diferencia de edad se tienen el uno al otro, como dos niños perdidos en el mundo de Nunca Jamás.

¿Qué ha ocurrido? ¿Se ha transformado el mundo de la noche a la mañana mientras ellos estaban colocados? ¿Son ellos los que han cambiado, los que han perdido la chispa que les ha llevado hasta aquí o es cosa de la heroína?

Un par de semanas después de su cumpleaños, al sufrir otra de esas crisis depresivas que tanto se esfuerza por ocultar, Nela le habla a Valerio sobre la posibilidad de dejar de consumir heroína. Valerio, como siempre, se muestra comprensivo, aunque le cuesta mucho disimular su incredulidad. Ella tampoco cree en sus propias palabras. ¿Cómo se abandona algo que te da la vida, que acalla tus temores y tus inseguridades, que te lleva a dejar de juzgarte o de juzgar a los demás?

Esa misma noche, Nela sueña que se va a vivir a Chiang Mai, en Tailandia, y que puede pasar el resto de sus días consumiendo heroína sin molestar a nadie y sin que nadie la moleste a ella, en perfecta comunión con la vida y el mundo.

Tan solo conservo dos cartas de Nela, enviadas desde Valencia. Ambas escritas a mano. La primera no tiene fecha, aunque probablemente sea de diciembre de 1978 o de enero de 1979. En esa carta, Nela no menciona a Valerio porque todavía no estaba con ella en la ciudad. Valerio llegó a Valencia después, aunque nadie recuerda exactamente el momento de su llegada ni tampoco el motivo de ese retraso. En la carta, Nela habla de un tal Luis que, al parecer, la familia ya conocía, aunque, de nuevo, nadie lo recuerda, y también de Ana y Pili, a las que Nela había conocido en Lleida, muy posiblemente durante alguna vendimia en la que trabajó.

Familia Trejo:

¿Qué tal? ¿Cómo va todo?

Yo, en Valencia, como ya saben. He encontrado (¡por fin!) un trabajo. Se trata de cuidar un niño casi todo el día. Todavía no sé cómo me pagarán, pero calculo que sobre doce o catorce mil [pesetas] con comida y cena. No es una maravilla pero hasta que no encuentre algo mejor, lo haré, para no quedarme parada y sin dinero. Además, el no tener que prepararme comida me ahorra mucho tiempo y dinero (y esfuerzo también). Empezaré el jueves. Luis también, pero él empieza mañana lunes, pero no sé cuál es su trabajo.

Pues, hablando de otra cosa, estamos en un piso enorme que tiene unas ocho habitaciones. Habitualmente, estamos aquí Ana, Pili, Luis y yo. Ana y Pili son dos chicas que conocía de Lérida y las encontré aquí.

Cuando llegamos (nos lo han dejado, para todo el tiempo que estemos aquí) estaba muy desmontado y sucio, pero nosotros lo hemos dejado precioso y hasta lo hemos enmoquetado todo. Está precioso. Hay que verlo.

Además, es muy barato: tres mil [pesetas] al mes. Hemos acordado con los dueños, tres chicos y dos chicas, pagarles la mitad mientras estemos aquí. Como somos cuatro y son mil quinientas [pesetas] a pagar nos sale baratísimo y además está en pleno centro de Valencia. No viven aquí ahora, lo tienen para venir por las tardes.

En fin, me estoy enrollando como una china, así que ya corto.

¡Ah!, hubo unos días que estuve muy deprimida,

no sé qué me pasaba, pero ahora ya todo es normal y estoy bien. Eso fue más o menos el primer día que llamé por teléfono desde aquí.

Bueno, ya no tengo nada más que contar. A ver si me escriben, pero de verdad.

Besos para todos,

maNela

P.D. Recuerdos a Paco y que me escriba también y me envíe sus señas.

Madre:

Recuerdos y besos de Luis y de Ana y Pili también.

Carmen: Escríbeme.

La segunda carta está dirigida a mí, fechada en el mes de mayo de 1979. Yo le había escrito una breve carta, tal vez un par de semanas antes, contándole algunas cosas sin importancia y preguntándole si acudiría a mi comunión, que había de celebrarse el día 20 de mayo. Tenía entonces ocho años y era un niño más bien reservado y tímido, por eso le había pedido ayuda a mi padre para escribirla. Mi padre me la dictó, de ahí que la carta tuviese el toque engolado típico de los que seguían un esquema tradicional para mantener correspondencia.

La respuesta de mi hermana me sorprendió. En primer lugar, por la extensión. En segundo, por el tono:

cercano, próximo, de cariño. Cabe recordar que, en gran medida, mi hermana Nela era una extraña para mí, un elemento disruptivo. En tercer lugar, por la propuesta final, el viaje a Formentera, que a mí me pareció algo propio de un mundo de fantasía, como lo que había visto no hacía demasiado en *La guerra de las galaxias:* prometedor, fascinante y hermoso pero absolutamente alejado de mi realidad. Y, en cuarto, porque el propio Valerio, al que no recuerdo haber tratado nunca, había añadido un pequeño cierre de su puño y letra.

Valencia. Mayo 79

Hola, queridísimo Juanito:

¿Cómo estás? ¿Te va todo bien, en casa, en el cole y con los amiguetes? Si es así, me alegro cantidad. Si no, espero que pronto vaya bien.

Me hizo ilusión, me gustó mucho que me escribieras. Lo malo es que te dicten papá o mamá. Prefiero que me escribas tú por tu cuenta, y me cuentes lo que haces, lo que te gusta, o lo que te dé la gana.

¡Uy!, me estoy torciendo mucho, y es que estoy escribiendo en la cama.

Oye, ¿a ti aún no te ha pescado ningún constipado de primavera? A mí sí, pero flojito. De todos modos, me quedo en la cama porque Valerio está trabajando, me tomo un pequeño descanso y me lo curo del todo. Además, se está muy bien en la cama y más en esta casa tan grande y llena de sol que tengo ahora. (Bueno, ahora ya es de noche, pero se está muy bien de todos modos.) Me gustaría mucho que la conocieras. Está llena de cosas interesantes, sobre todo para dibujar. La gente que vive con nosotros hacen fallas. Y ya están empezando a hacer los dibujos y maquetas (miniaturas) para el año que viene, que tienen que hacer tres y Valerio, ahora, les está ayudando.

Oye, Juanito, esta carta es para ti, así que si tú quieres, no se la dejes a nadie. Si quieren leer, que me escriban primero, como has hecho tú, ¿vale?

Me sabe un poco mal, pero igual no puedo ir para tu comunión, porque me gustaría ir con dinero y para eso aún tienen que pasar unos cuantos días. Además, las cosas de la iglesia no me gustan nada y casi seguro que cuando seas un poco mayor tampoco te gustarán a ti, porque para los curas la iglesia, en el fondo, no tiene nada que ver con Dios, sino que es un negocio para ellos, ya lo verás.

Mira, cuando tenga el dinero que necesito me quiero ir a pasar unos días de vacaciones a Formentera, que es una islita pequeñaja que está cerca de Barcelona. Y cuando vaya, quiero que tú vengas conmigo y con Valerio. Ya verás qué bien te lo pasas en las playas tomando el sol, montando en bicicleta (porque allí solo hay dos o tres coches), conociendo algunos amiguetes míos y otros niños.

Bueno, ya lo sabes, díselo a mamá y a papá, que

iré a Barcelona unos días, pero con la condición de que te dejen venir una semanita (igual un poco menos) con nosotros. Verás como te lo pasas bomba. Claro, que todo esto será si tú quieres; si no, nada.

Bueno, nano, te dejo por hoy. Espero que me escribas pronto y que me cuentes cosas y que me digas si quieres venir, ¿vale?

Cuando me des la contestación, saldré para allí, ¿de acuerdo?

Yo ya lo he hablado con Valerio y él quiere también que vengas.

Un abrazo muy fuerte y mil besos de tu hermana, que además te quiere cantidad.

Nela

(Qué carta más larga, ¿eh?)

Saludos, besos y recuerdos para papá, mamá, Carmen y Paco. Y diles que no sean tan vagos y que me escriban un poco cada uno.

Chao.

Ciao Juan:

Mira que te esperamos, y si todo el mundo está de acuerdo, te vendremos a recoger dentro de quince o veinte días.

Te saludo y recuerdo,

Valerio

Nunca llegó a hacer ese viaje a Formentera.

El viernes 23 de noviembre de 1979, Nela siente un agudo dolor en la zona del abdomen. No sabe situarlo con exactitud, podría ser el estómago, pero también algún otro órgano cercano. Ha sentido ese mismo dolor en otras ocasiones, pero no con tanta intensidad y persistencia. Al comentárselo a Valerio, después de varias horas de sufrirlo en silencio, en soledad, leyendo cómics, uno tras otro, tumbada en la cama, este le dice que tal vez sea algún tipo de efecto secundario del síndrome de abstinencia. Están intentando consumir de manera más espaciada desde hace unos días. Así que, tras hablarlo durante un rato, Valerio decide que tal vez haya que saltarse la pauta que han establecido y le ayuda a pincharse.

El dolor, sin embargo, no remite. Nela, que no suele mostrarse en absoluto escrupulosa con sus problemas físicos, está un poco alterada. Tal vez presiente algo. Tal vez nota una llamada llegada desde algún lugar lejano de su conciencia, pero lo cierto es que no puede relajarse. Le gustaría ir al médico, pero sabe que en ese caso va a tener que poner en antecedentes al médico de turno, explicarle su situación, hablarle sobre su consumo. Y sabe que los prejuicios, en ese sentido, son cada vez mayores. En caso de tocarle un médico de cierta edad, cabe la posibilidad de que incluso la eche de la consulta; ha oído decir cosas de ese tipo a alguno de sus conocidos.

Valerio corta de raíz sus especulaciones y la acompaña al Policlínico del Hospital Provincial, pensado para consultas externas, aunque no para urgencias; es el que les pilla más cerca. La doctora de guardia la revisa, sin poner demasiado empeño porque enseguida entiende, aunque no le digan nada, que el caso de Nela conlleva algunas particularidades. Les comenta entonces a Nela y a Valerio la posibilidad de ir al Hospital Psiquiátrico de Bétera, pues allí han abierto recientemente un pabellón para el tratamiento de las dependencias; les llaman centros de desintoxicación, al parecer. Escribe una nota con un sello del centro y se la entrega a Valerio metida en un sobre. Al salir de allí, ambos leen la nota, que dice: «Valencia, 23 del XI de 1979. Enfermo: Manuela Trejo. Disposición: Enferma que consulta por dolores atípicos. Pensamos que se trata de un problema psicológico. Ruego la asistáis». Está firmada con un garabato.

Al llegar al Hospital Psiquiátrico de Bétera el misterio se espesa.

Allí es atendida en el Pabellón 8, el dedicado a desintoxicación; uno de los primeros centros en atender a toxicómanos en España. Sin embargo, no sé qué ocurrió realmente en las dependencias de ese centro. Incluso más de cuarenta años después de lo ocurrido, la dirección del centro se niega a entregarme el escueto informe de Nela amparándose en la ley de protección de datos.

¿Qué sucedió allí?

Nela ingresa con un fuerte dolor en el abdomen tras haber consumido heroína. Llega derivada por una doctora que ha entendido que puede tratarse de un problema psicológico. Pasa la noche en el Hospital Psiquiátrico. Valerio debió de irse a casa.

Cuando llamo al centro en busca de información, una amable trabajadora se apiada de mi frustración y me cuenta que le suministraron algún tipo de medicamento. No se sabe cuál, pero debido a la negativa a entregar el informe, es muy posible que hoy en día, tal vez incluso en aquel momento, noviembre de 1979, se trate de algún preparado cuyos efectos secundarios estén en entredicho. En cualquier caso, explica que tras administrarle la medicación el estado de Nela no mejoró; tal vez incluso fue a peor.

Lo único que dice el informe que me enviaron, después de repetidos requerimientos a la Diputació de València, y tras enviar por escrito el amparo de la protección de datos, es lo siguiente: «Le comunico que, según consta en la historia clínica, su hermana ingresó en el Hospital Psiquiátrico Provincial de Bétera el 23 de noviembre de 1979, siendo trasladada del mismo con destino al Hospital General de Valencia [entonces conocido como Hospital Provincial] en fecha 24 de noviembre de 1979». Nada más. Ningún detalle que permita suponer siquiera cuántas horas permaneció allí o qué les obligó a trasladarla al Hospital Provincial. El informe que me envían está firmado por Alfredo Ribelles Villalba, gerente del Hospital Psiquiátrico; más adelante relataré la surrealista conversación telefónica que mantuve con él.

No se tiene noticia de a qué hora llegó Nela al Hospital Provincial, el informe médico desapareció debido a unas inundaciones —también hablaré de eso más adelante—, pero podemos suponer que como mínimo pasó allí unas catorce o quince horas, porque en el certificado de defunción de Nela —y aquí voy a dar un salto temporal para establecer el marco en el que transcurren los siguientes acontecimientos— indica que la hora de defunción fue las 12.25 del día 25 de noviembre de 1979. Cabe suponer que en Bétera no decidieron trasladarla en mitad de la noche del 24 de noviembre, veinticuatro horas después, poco más o menos, de haberla admitido en su centro.

¿Qué sucedió en el Hospital Provincial desde que ingresó hasta su muerte?

Al llegar allí, cabe suponer que la metieron en un box, que no la dejaron en el pasillo, pero eso dependería de la cantidad de casos urgentes que tuvieran que atender; era viernes, una de las noches más movidas de la semana. Cabe suponer que la derivaron con cierta celeridad. Es decir, que tras un primer reconocimiento superficial decidieron que la viese un estomatólogo y no la relegaron al trato de persona intoxicada por ingesta de drogas o con algún delirio psicótico; aunque no hay que descartar esta última posibilidad.

Es muy probable que Valerio estuviese allí con ella y, al llegar la noche, decidiese irse a casa o que incluso le obligasen a hacerlo. Porque lo que sé con seguridad es que Valerio estaba en casa por la noche y decidió, a la mañana siguiente, llevarle al hospital algunos cómics para que estuviese entretenida durante su ingreso. Lo que me lleva a pensar que Valerio no tenía motivo alguno para considerar que se tratase de nada de extrema gravedad.

¿Qué más sucedió durante ese intervalo?

Me queda la duda de si las enfermeras o los médicos la trataron como correspondía o se dejaron guiar por sus prejuicios. Sabiendo que era heroinómana, y aunque todavía no se habían visto obligados en ese hospital a tratar con muchos casos similares, es posible que no la considerasen una enferma común, sino alguien entregado al vicio y a la depravación; alguien, en definitiva, que no solo se había buscado lo que le ocurría, sino que posiblemente incluso lo mereciese. Pero tal vez no sea ese el motivo que explique la enorme y terrible indolencia que mostraron con Nela a lo largo de la noche o cuando se aproximaba la mañana.

Con toda probabilidad, ante las reiteradas muestras de dolor de Nela o incluso ante los primeros síntomas de la abstinencia o el ansia de la necesidad, en Urgencias le proporcionaron algún tipo de sedante. Hoy en día sabemos el enorme peligro que entraña mezclar cualquier tipo de opiáceo con sedantes, ansiolíticos o relajantes musculares parecidos a la bencedrina, de uso muy habitual en urgencias médicas. Porque, entre otras cosas, la bencedrina desacelera el ritmo respiratorio y la heroína puede causar también depresión respiratoria. Esa mezcla relaja tanto el cuerpo que acaba alterando seriamente algunas funciones básicas, como la necesidad de respirar o de distinguir entre respirar y tragar.

En el certificado de defunción de Nela, en el apartado de las causas, indica: «Shock cardiorrespiratorio, toxicomanía, neumonía por aspiración». La primera de las especificaciones es fácil de entender, porque el corazón siempre acaba dejando de latir cuando el oxígeno deja de entrar en el cuerpo. La segunda, vista desde la distancia del tiempo, es una especificación aleatoria que, pretendiendo decir mucho, no dice nada respecto a la causa de la muerte. Esa «toxicomanía» parece atender más a un juicio externo, ajeno a los motivos de la muerte —es decir, a un prejuicio—, que a un motivo científico contrastable; sería el equivalente a decir que alguien ha muerto de viejo. Lo cual, inevitablemente, está relacionado con esa duda que planteaba sobre el trato que recibió Nela en Urgencias del Hospital Provincial. La tercera de las especificaciones es la única que remite a su caso en particular: «neumonía por aspiración». Es decir, Nela se ahogó, bien porque la mezcla de drogas la llevó a dejar de respirar, o bien porque algo fue a parar directamente a sus pulmones y los colapsó. Como no estaba bajo el agua, hay que plantearse la posibilidad de que se ahogase con su propio vómito debido al efecto de las drogas. Aunque cabe la posibilidad de que, mientras dormía, dejase de respirar debido al efecto que provocó el cóctel de medicación y drogas en sus constantes vitales.

Mi madre, no sé muy bien si por superstición, por sentimiento de culpa o por algún tipo de mandato religioso, se negó a que le practicasen la autopsia. Lo único que fue capaz de articular, a modo de justificación, fue que eso no iba a devolverle la vida a su hija.

La vergüenza y la incomprensión al descubrir que su hija consumía heroína, sin duda aturdieron su capacidad de juicio, porque ni siquiera se planteó la posibilidad de que pudiese tratarse, como todo parece indicar, de una negligencia médica.

En cualquier caso, Nela murió sola en el Hospital Provincial de Valencia, mientras esperaba un diagnóstico concluyente sobre su dolor abdominal. No la habían subido a una habitación de planta, seguía en Urgencias cuando murió donde, en teoría, debía de haber sido atendida o cuidada o controlada de un modo más exhaustivo.

Valerio se enteró de su muerte la mañana del domingo 25 de noviembre, cuando acudió al hospital para hacerle compañía a la mujer de la que estaba enamorado, y llevaba consigo un buen puñado de aquellos cómics que a ella tanto le gustaban.

Tal vez porque sí

Tras la muerte del dictador Francisco Franco, el gobierno del régimen inició un viraje ideológico hacia posicionamientos democráticos guiado por la iniciativa de los más avispados entre los franquistas y de los más tolerantes y flexibles entre los demócratas. Ese consenso, según suele decirse, fue un acierto porque, entre otras cosas, evitó un derramamiento de sangre, un enfrentamiento entre las famosas dos Españas, pues se temía que el fin del régimen reavivase los rescoldos de la Guerra Civil.

Ese proceso de transición sirvió, por otra parte, para modernizar España a una velocidad de vértigo. Tras cuarenta años de una dictadura militar cada vez menos autocrática y más cercana a las tendencias de los países de su entorno, el salto a la democracia representativa y a una economía pensada para un mercado internacional, no fue tan complejo y enmarañado como sí lo fue en el caso de la transformación de los regímenes totalitarios comunistas después de 1989.

Los primeros gobiernos democráticos en España, sobre todo a partir de los años ochenta, posibilitaron un bienestar económico generalizado. La clase media empezó a crecer de manera sostenida, lo que favoreció el aumento de la autoestima como país y también, de manera indirecta, las ganas de pasar página de los ciudadanos, que empezaron a pensar, casi de inmediato, que el pasado reciente estaba vinculado a otra realidad, a otro país, sin conexión alguna con el presente.

El relato que explicaba ese proceso de veloz y sugerente transformación, por otra parte, lo manejaron con mano maestra los líderes políticos, a través de los medios de comunicación y con la aceptación, ya fuera eufórica o silenciosa, de la mayoría de los españoles. En ese momento interesaba el consenso y, de hecho, llegó a ser tan amplio y tan sólido que incluso hoy en día cuesta horrores poder apartarse del discurso mítico de la moderna fundación del Estado constitucional español sin ser tildado de cualquier cosa horrible. Sin embargo, son muchos los aspectos políticos, sociales y culturales de aquellos años que deberían ser analizados con lupa y que, sin embargo, siguen ocultos bajo el pesado manto de la desmemoria.

Cuando se habla de la Transición, incluso cuando se coloca la fecha de inicio en el momento de la muerte de Carrero Blanco, o bien no se hace la más mínima referencia al movimiento contracultural, o bien se remite a él brevemente como una suerte de prólogo malogrado, un ingenuo embrión de lo que vendría inmediatamente después: la eclosión cultural, entrelazada de manera indisoluble con la Transición, que acabaría recibiendo el nombre de Movida.

El epicentro de la cultura, tras las primeras elecciones constitucionales, pasó de Barcelona a Madrid. En un abrir y cerrar de ojos, todo lo que era espontáneo e incontrolable, todo lo que de subversivo y contestatario había en el movimiento contracultural, se transformó en aspectos monetizables, en discurso patrocinado y vendible. Por decirlo de otro modo, se vació de ideología la creación artística, incluso de la amorfa e inasible ideología libertaria, que hablaba más de un cambio de mirada que de un cambio de sistema político, y se apostó estrictamente por lo lúdico y lo acrítico, que era lo que en ese momento, se decía, la gente en España necesitaba y exigía. Lo más curioso del asunto no fue que una moda, o una necesidad, sustituyese a la anterior, sino que lo recién nacido aplastara y borrase todo lo que le había precedido a nivel creativo, como si el movimiento contracultural no hubiese sido más que una especie de sustrato alimenticio.

Los que participaron del movimiento contracultural y no fueron capaces de adaptarse a los nuevos tiempos y necesidades, o bien no quisieron hacerlo por convicción y fidelidad a sus principios, pasaron de ser gente de vida alternativa, idealistas, libertarios o ingenuos soñadores, a marginados, colgados o, simplemente, gente fuera de onda, pasada de moda por siempre jamás. Aquellos que mantuvieron la memoria, que se empeñaron en recordar lo ocurrido, pasaron a ser considerados elementos asociales, inquietantes y peligrosos para el precario equilibrio de una democracia todavía frágil.

La cultura en España, en pocas palabras, dejó de ser crítica, de proponer alternativas, de ser colaborativa, de mantenerse alejada del poder y se entregó a una celebración —sin duda merecida después de tanta penuria— de lo material y del individualismo, se desentendió de los problemas sociales de manera radical, como si tras la dictadura se hubiese caído en un paraíso en el que todo era adecuado y cualquier tipo de reproche conllevase convertirse en el indeseado aguafiestas.

Así de rápido puede cambiar la naturaleza cultural de un país.

Así de rápido puede cambiar también la esencia de una familia.

Cuando Nela se fue de casa en 1975, los miembros de la familia experimentaron una mezcla de humillación, afrenta y alivio. Humillación por parte de nuestros padres, pues vieron cuestionada su manera de gestionar el desarrollo de los acontecimientos; si bien era cierto que cabía la posibilidad de que Nela regresase en breve, con el rabo entre las piernas, y pudieran iniciar con ella otro tipo de negociación. Afrenta porque, de algún modo, mis hermanos se vieron obligados a respaldar, lo quisieran o no, el *statu quo* familiar, porque de no haber sido así habrían tenido que respaldar, por activa o por pasiva, esa fuga insospechada. Y alivio por parte de todos, a pesar de que en ningún momento se manifestó de viva voz, porque las tensiones que habían presidido los momentos comunes desaparecieron de la noche a la mañana.

Cuando quedó superado el golpe inicial, Nela empezó a dejarse caer por casa de vez en cuando. Lo hacía con total normalidad, sin atender a los comentarios de mi madre, principalmente, sobre lo bien que le iría volver a casa. Pasaba por allí para buscar alguna prenda de ropa o comer caliente. Pero eran esas esporádicas visitas las que, curiosamente, certificaron el hecho de que ya no vivía en casa a pesar de no haber cumplido todavía los dieciocho años.

Para Paco, en pleno despegue hacia la adultez, y para Carmen, que estaba entrando a toda velocidad en la adolescencia, Nela empezó a hacerse borrosa, apenas un puntito que iba y venía en el radar de su percepción. Porque en la ecuación fraternal también entró en juego cierto grado de resentimiento o incluso de animadversión. Nela, con su actitud soberbia, capaz de poner sus necesidades por delante de cualquier cosa, parecía decirles con su mera presencia que estaba por encima de ellos, que se había atrevido a hacer algo que ellos no eran capaces de imaginar. Por eso en ningún momento le preguntaron dónde se alojaba ni se interesaron por saber, cuando aparecía por casa, cómo le iban las cosas.

A pesar de ese deje de rencor, o tal vez precisamente por ello, Paco y Carmen no deseaban ni mucho menos llevar la vida que había elegido Nela. Estaban en otra onda, aspiraban a otro tipo de existencia, mucho más estándar, si bien vinculada obviamente al signo de los tiempos.

Paco aspiraba a medrar socialmente, a tener dinero y buena posición. Es decir, todo lo que Nela rechazaba y criticaba. De ahí que, para Paco, la opción vital de Nela fuese poco menos que una enmienda a la totalidad de sus legítimas aspiraciones.

Para Carmen, Nela representaba desde hacía un tiempo el lado oscuro, la vida salvaje y sin restricciones morales, el corazón de las tinieblas. Estar cerca de Nela la llevaba a sentirse incómoda, porque ya no podía entender los códigos que regían su comportamiento.

Para mí, justo en el momento en que podría haber trabado una relación personal con Nela, más aún después de que se ganase mi afecto llevándome a ver *Sonrisas y lágrimas,* fue cuando empecé a perder su señal. Nela decidió marcharse de casa, implantando en mi percepción una semilla de desconcierto con la que no supe cómo lidiar.

Cuando Nela se fue a Génova en mayo de 1978, acompañando al muchacho italiano que acababa de conocer en La Floresta, un tal Valerio, del que nadie sabía nada, todos los miembros de la familia entendimos ese viaje como una excentricidad. ¿Para qué demonios quería irse a Italia? ¿Qué se le había perdido allí? Mis padres, cuando la acompañaron a hacerse el pasaporte, porque todavía no había cumplido los veintiún años, no tuvieron en cuenta lo más curioso del asunto: Nela no había hablado de fecha de vuelta. Y si bien es cierto que de tanto en tanto enviaba alguna escueta carta desde Génova, o incluso llamaba alguna vez a cobro revertido, no contaba apenas nada, así que, a todos los efectos, fue como si Nela se hubiese ido a la otra punta del mundo.

En 1977, Paco estaba en Valladolid cumpliendo con las exigencias del servicio militar; sus obligaciones para con el ejército finalizaron en diciembre de 1978. Justo después de ser sorteado, Paco empezó a salir, de manera oficial, con Marga. Carmen, a la que adelantaron un curso en primaria debido a sus excelentes calificaciones, estaba cursando el recién creado Bachillerato Unificado Polivalente en un centro privado llamado Cristo Rey, a escasos cinco minutos de casa. Yo había pasado de segundo a tercero de primaria, en el Colegio Nacional Mixto Montseny.

Cuando Nela regresó de Italia camino de Valencia, tampoco nadie de la familia, aunque por diferentes razones, entendió ese movimiento. De hecho, mis padres habían desistido por completo de intentar comprender cualquiera de las decisiones de Nela.

Dentro del seno de la familia, la muerte de Nela, por supuesto, tuvo las repercusiones del estallido de una bomba atómica. No solo lo destruyó todo, sino que alrededor del extenso cráter que dibujó su muerte se extendió un territorio radiactivo infranqueable.

Por decirlo de otro modo, Nela, debido ahora a su muerte, tan insospechada y a trasmano como el resto de sus movimientos en vida, volvió a desestabilizar, en esta ocasión de manera absoluta y definitiva, el orden de la familia.

Tal vez en un principio fue el *shock* lo que llevó a que en la familia no se hablase de ella. No se hablaba de su trayectoria ni de los últimos tiempos ni tampoco de los más recientes descubrimientos por parte de mis padres; pues solo tras su muerte supieron que Nela consumía heroína. Seguramente, faltaban las palabras para abarcar el daño causado por su fallecimiento.

El silencio, sin embargo, en lugar de irse despejando poco a poco, se fue haciendo más denso. Lo que conllevó que cada uno de los miembros tuviese que gestionar el dolor por su cuenta. Durante tres años, nuestra casa estuvo poseída por el proceso en el que se vio sumida mi madre. El dolor insoportable, unido a un creciente e inopinado sentimiento de culpa y a una incomprensión imposible de abarcar, la hundió en un estado que bien podría ser definido como locura transitoria. Vestía de negro riguroso, clausuró la celebración de cualquier festividad o aniversario, prohibió que escuchásemos música en casa y se veía arrastrada por momentos de ira descontrolada que tenían a Carmen y a mí como destinatarios; Paco quedó excluido porque, aparte de ser el hermano mayor y ser hombre, hacía ya un tiempo que vivía con Marga.

Podría decirse que si la casa de la familia había dejado hacía tiempo de ser un lugar en el que sentirse seguro y protegido, durante esa fase de luto y locura pasó a convertirse en un territorio peligroso y amenazador.

Pero todo cambió en 1982, cuando Paco y Marga decidieron casarse. Mi madre aceptó a regañadientes, pues creía que todavía era demasiado pronto para celebrar nada y, de hecho, acudió al enlace ataviada con un vestido negro, elegante pero inevitablemente severo. Mi padre lució traje gris y corbata negra. Paco, contraviniendo las costumbres, eligió un traje color hueso. Carmen llevaba puesto un floreado y alegre vestido azul. Yo vestí pantalones de traje azules y camisa blanca; al menos, así es como aparezco en las fotos.

A partir de ese momento, el desarrollo de nuestra familia emprendió un viraje radical, como si se tratase de un pesado transatlántico que cambiase de ruta en mitad de la noche oceánica. El nuevo destino era la modernidad que parecían estar anunciando los tiempos por venir; de hecho, la boda se celebró poco antes de las primeras elecciones que el PSOE ganó por mayoría absoluta. A partir de ese momento, el silencio en relación con Nela no era ya algo obligado por las circunstancias familiares —el trastorno transitorio de mi madre—, sino que tenía un marcado carácter voluntario.

Al igual que ocurrió con la situación del país en esa fase de la Transición, todos los miembros de la familia decidieron apostar por la amnesia del pasado reciente. Porque lo que anhelaban, por encima de cualquier otra cosa, era pasar página y entregarse a esa modernidad y a la promesa de bienestar tras los años de tensión y oscuridad. Así que cuando acabó el luto, Nela empezó a borrarse de los recuerdos familiares, a difuminarse poco a poco hasta prácticamente desaparecer.

Después de todo, Nela había sido siempre el elemento contracultural de la familia.

El problema fue que para eliminar a Nela de los recuerdos familiares había que eliminar dichos recuerdos al completo. Fue el precio que conllevaba el salto al futuro.

Nela nunca más tuvo protagonismo alguno en los actos de nuestra familia. Jamás se la nombraba o se la recordaba en las reuniones. Tampoco se llevaba a cabo ningún tipo de rememoración colectiva cuando teníamos algún motivo para reunirnos; durante muchos años ni siquiera nos hicimos fotos juntos. Y en ese proceso, el pasado al completo de nuestra familia también se difuminó y se hizo borroso, convirtiéndose casi en una molestia, en un engorro.

A partir de entonces, llegaron los tiempos de bienestar económico, como sucedió con el resto del país. En casa se impuso una moderada socialdemocracia.

Es cierto que mi padre tuvo problemas cuando empezaron a implementarse las reformas del recién creado Ministerio de Hacienda, porque la fábrica de muebles para la que trabajaba quebró y descubrieron que el dueño no había pagado la cotización de la Seguridad Social de sus empleados desde hacía quince años. Pero tras varios intentos de volver a trabajar por cuenta ajena, mi padre acabó haciéndose autónomo, transformando el patio de casa en un pequeño taller, y empezó a ganar dinero de verdad por primera vez en su vida. Lo cual, curiosamente, no tranquilizó su espíritu, sino que incrementó su tendencia a imaginar escenarios apocalípticos.

Nuestra familia entró en los años ochenta inaugurando toda una serie de nuevos ritos que, con el tiempo, se transformarían en viejas costumbres. Pero, al menos en ese punto, era innegable que se trataba de gestos artificiales, civilizados e incluso bienintencionados, pero carentes de representatividad porque hablaban de una familia neutra, moderna, sí, casi recién estrenada, pero aséptica e impersonal más allá de algunos detalles culinarios, muy pocos a decir verdad, conservados de aquella lejana Extremadura de donde llegó la familia a principios de los años sesenta.

Y así, de un modo aparentemente sencillo, casi guiada por la mera inercia de los acontecimientos, es como una familia puede perder su esencia para siempre.

Tal vez señalarlo ahora sea demasiado obvio, pero mis padres murieron debido a enfermedades relacionadas con el olvido.

En 1991, cuando acababa de cumplir sesenta y dos años, mi padre fue ingresado en el Hospital de la Vall d'Hebron debido a una angina de pecho. No llegó a sufrir un ataque al corazón, pero la presión fue lo bastante intensa como para acudir a Urgencias y tener que quedarse ingresado durante una semana. Le hicieron todo tipo de pruebas y acabaron practicándole primero un cateterismo y después una angioplastia para ensanchar la arteria que estaba a punto de taponarse por completo.

A partir de ese momento, empezó a tomar medicación diaria y a pasar controles de manera regular. Llevaba siempre consigo unas pastillitas de nitroglicerina, que debía colocar bajo su lengua si volvía a notar dolor en el pecho. Le vi meterse una de esas pastillitas en la boca en una ocasión, al acabar de trabajar, aunque creo que fue más fruto de la ansiedad que de un dolor real.

Porque la peor consecuencia de la angina de pecho para mi padre no fueron los engorros que entrañaba la medicación o los controles periódicos en el Departamento de Cardiología del hospital, sino el miedo que empezó a sentir desde entonces. Un miedo que, en ocasiones, se convertía en estremecedora angustia y que acabó estableciéndose en su psique para dominarlo todo.

Mi padre siempre había mostrado una marcada tendencia a la melancolía. En el pueblo, siendo joven, se vio sometido a la violencia de un padre narcisista y maltratador. Y ya de adulto, nunca se sintió cómodo por completo en Oliva de Mérida. Era una *rara avis:* sensible, perspicaz, buen lector; aunque eso nunca le sirvió de espoleta para dar un salto conceptual y cambiar de orientación laboral, por ejemplo. En Barcelona, nunca llegó a encontrar su sitio: era inmigrante, pero no sentía un especial orgullo por su tierra. Se percibía foráneo en todas partes, entre otras razones porque no comulgaba con la reservada manera de ser de los catalanes, y, sobre todo, porque se sentía demasiado mayor para iniciar la aventura de establecerse en una gran ciudad; a pesar de que llegó a Barcelona con tan solo treinta y tres años.

Las primeras consecuencias de esa tendencia a la

melancolía, que él intentó ocultar durante muchos años con gran esfuerzo, se apreciaron cuando dejó de fotografiar el día a día de la familia, al iniciarse la década de los setenta.

Los problemas que planteó en casa mi hermana Nela, con su carácter rebelde y su tenacidad inquebrantable, ahondaron en la inseguridad que había depositado en el fondo de su psique el déspota de mi abuelo. No echó mano de la violencia física para intentar obligar a Nela a volver al redil; seguramente sabía que, en el caso de su hija, habría sido como intentar apagar un fuego echándole gasolina. Y, cuando ella se fue de casa, acarreó en silencio con un sentido de derrota; una de las tantas que iba a sufrir en esa nueva etapa de su vida.

Cuando Nela murió en Valencia, al sentido de derrota vino a añadirse la culpa por no haber hecho lo suficiente y la incomprensión vinculada a la extrañeza que a esas alturas le provocaba el mundo.

Mi padre nunca superó la muerte de Nela. Sé que no existen bases científicas que puedan corroborarlo, pero estoy convencido de que su imposibilidad para gestionar lo ocurrido acabó provocándole la angina de pecho. Y, a nivel psicológico o neuronal, fue también lo que le llevó a desarrollar la enfermedad de Parkinson, a partir de 1994 y, poco después, la demencia que acabaría con él en el año 2000, recién cumplidos los setenta.

El último año de vida de mi padre fue una pesadilla, para él y para los que estuvimos cerca. Los problemas serios empezaron después de lo que tenía que ser una sencilla operación para tratarle una hernia inguinal. Comenzó a tener alucinaciones al despertar de la anestesia general. El doctor que le había operado insistió en que la desorientación era una reacción habitual, que volvería a recuperar la conciencia en breve. Pero ser testigo ya en aquella primera ocasión de esa representación psicótica me resultó sobrecogedor. Me fui a casa esa noche con un nudo en la garganta que no llegó a deshacerse hasta el día de su muerte, muchos meses más tarde.

Las alucinaciones pasaron a manifestarse de manera periódica. A medida que transcurrían los días y las semanas, las fases de lucidez completa se iban haciendo más breves. Llegó un momento, de hecho, en que incluso deseamos que mi padre saltase definitivamente al otro lado, porque cuando pasaba la oleada neurótica, él solía recapacitar sobre lo ocurrido y se hundía más y más en la frustración y el desconsuelo. Le atormentaba hasta el llanto darse cuenta de que estaba perdiendo la cabeza de un modo patético.

Mi madre se vio obligada a ingresarlo en el Hospital de la Cruz Roja tras un incidente particularmente violento en el que golpeó a dos vecinos al creer que se trataba de dos maleantes que se disponían a entrar en casa para robar. A esas alturas, ya no nos reconocía y no era capaz de alimentarse por cuenta propia. El párkinson había degenerado en demencia y esta galopaba ya sin control alguno, eliminando conexiones neuronales como quien corta sin esfuerzo las malas hierbas.

Murió el 20 de junio de 2000. Su mente olvidó cómo se lleva a cabo la digestión. Estuvimos con él hasta el último momento. Al fallecer, al dejar de esforzarse por seguir vivo, su cuerpo se destensó como una goma elástica y se retorció sobre sí mismo, encogiéndose después de tanta lucha. Creo que todos los que estábamos allí presentes notamos una sensación de consuelo inmediato. Mi padre descansaba por fin.

En todos los años transcurridos tras la muerte de Nela, a mi padre no lo oí pronunciar su nombre ni siquiera una vez. Cuando intentaba expresar algo en ese sentido, se le hacía un nudo en la garganta y, tras recomponerse, pasaba a otro tema.

Tras los tres años de luto, mi madre se esforzó todo lo que pudo para dar la impresión de ser una persona más o menos normal. Podría decirse que logró convencer a los que se conformaban con valoraciones superficiales.

Su capacidad para la empatía siempre había estado mermada y todos en casa habíamos podido apreciar, a lo largo del tiempo, que algo extraño sucedía con su manera para transmitir amor y cariño. Pero durante la fase del luto, a la que mi madre se entregó por completo y en la que nada existió más allá de su propio y exclusivo sufrimiento, su problema a la hora de identificarse con alguien y compartir sus sentimientos se vio agravado.

Recientemente, pude leer un artículo en un periódico que hablaba de cómo los diagnósticos en los casos de trastorno del espectro autista se han visto marcados por un sesgo de género muy considerable. Es decir, tradicionalmente a las mujeres se les ha diagnosticado como autistas con muchísima menor frecuencia que a los hombres. Al parecer, las neuronas espejo están más desarrolladas en las mujeres que en los hombres, por eso les resulta más fácil imitar y adquirir mejores habilidades sociales. De ahí también que muchas mujeres con algún tipo de trastorno del espectro autista, a base de perseverancia, consigan niveles de autonomía y desarrollo que disfracen o vuelvan invisibles a simple vista esos desórdenes. Por otra parte, hasta hace muy poco estaba bien visto que las mujeres se mostrasen tímidas, recatadas y en un segundo plano. Ese perfil bajo en el ámbito social, hizo posible una tasa bajísima en ese tipo de diagnósticos.

Estoy convencido de que mi madre formaba parte de ese grupo de mujeres capaces de fingir sus emociones y comportarse en sociedad siguiendo patrones aprendidos más que impulsos anímicos o relacionales. Es decir, tanto su carencia de empatía, como su imposibilidad para gestionar la ambigüedad, así como su tendencia a hablar sin filtro alguno, expresando sin ningún reparo y sin tener en cuenta quién tenía delante lo que pensaba en ese momento, apuntaban hacia lo que hoy definiríamos como algún grado de afectación en el espectro autista. Pero ella jamás habría aceptado someterse a un estudio para determinar de dónde partían esas dificultades en el trato con los demás, entre otras razones porque para ella los actos pesaban más que las palabras y sus esfuerzos por interactuar de un modo aparentemente normal, en caso de haberlo razonado de ese modo, habrían supuesto ya una prueba evidente de su capacidad para relacionarse con normalidad.

A mediados de los años ochenta, cuando Carmen se fue de casa para vivir con su pareja de entonces, mi madre entró en una nueva fase marcada por la hipocondría. Cada dos por tres temía morir por alguna razón a todas luces exagerada o incluso ridícula. Sin afán ninguno de destacar el lado cómico de sus accesos, pensó que se había envenenado con champiñones, gambas o paracetamol. Varias veces creyó tener algún tipo de cáncer. Y durante una fase algo más extensa, se centró en la posibilidad de sufrir algo así como una infección crónica en la sangre. Por todos esos motivos, y otros tantos más, la acompañé a Urgencias en infinidad de ocasiones. Los síntomas eran siempre los mismos: nerviosismo, aumento del ritmo cardiaco, presión en el pecho, respiración agitada o dificultosa, temblores y mareos, debilidad y, sobre todo, sensación de peligro inminente. Es decir, los síntomas que podríamos asociar a un ataque de ansiedad más o menos estándar.

Cuando en Urgencias, una y otra vez, el médico de turno indicaba la posibilidad de que se tratase de ansiedad, mi madre reaccionaba en todas esas ocasiones con el mismo gesto de incomprensión y sorpresa. Ella sabía muy bien, porque lo comentaba a la menor oportunidad, que sufría de los nervios, pero lo que le había ocurrido en esa ocasión en concreto, fuera cual fuese, era diferente, tenía que ser algo grave asociado a otro tipo de mal. No recuerdo cuántas veces le recomendaron que consultase con un psicólogo, pero ella no accedió a hacerlo hasta finales de los años noventa; y aun así no llegó a tener muy claro cuál era el motivo de esa consulta médica. Acudió a dos sesiones de terapia y no volvió más, a pesar de afirmar que la psicóloga se había mostrado la mar de comprensiva con ella.

Su verdadera terapia, sin embargo, consistió en acudir a una escuela para adultos con el objetivo de conseguir el graduado escolar. Fue después de que a mi padre, en 1994, lo diagnosticaran como enfermo de Parkinson. En la escuela Rius i Taulet de la plaza Lesseps, donde Paco había estudiado primaria a mediados de los años sesenta, mi madre descubrió un mundo que hasta ese momento le había sido ajeno. Un mundo no solo basado en el aprendizaje, sino integrado por mujeres como ella: amas de casa nacidas en la primera mitad del siglo XX que, una vez superada la teórica fecha de la jubilación, decidían reemprender los estudios en el punto en que se habían visto obligadas a dejarlos siendo niñas o adolescentes.

En la escuela, mi madre hizo amigas por primera vez en su vida. Salía con ellas a tomar café —ella, a la que jamás le había interesado socializar— y empezó a observar el mundo desde una perspectiva personal e independiente, ya no supeditada a las limitadoras y deprimentes directrices de mi padre. Hoy en día, tal vez podríamos decir que ir a la escuela la empoderó; a pesar de no ampliar en exceso sus conocimientos intelectuales, pues le costaba horrores retener la información y no digamos ya transformarla en conocimiento. Se vio más fuerte y capaz, algo que mi madre siempre había sospechado de sí misma sin llegar a ponerlo en práctica hasta entonces. Lo cual no quiere decir que su capacidad para la empatía mejorase durante ese proceso, pero le otorgó una autonomía a nivel físico y mental de la que iba a gozar casi hasta el final de sus días.

Afrontó la muerte de mi padre, en el año 2000, con entereza, sin dejarse llevar por ninguna clase de arrebato. Mi padre y ella habían convivido durante más de cuarenta años y, excepto en los últimos tiempos, siempre lo habían hecho todo juntos. Sin embargo, el proceso de deterioro neuronal de mi padre, sus alucinaciones y su comportamiento violento primero, así como el fundido a negro de su memoria después, la llevaron a aceptar que era mucho mejor estar sola que acompañada por aquel desconocido incomprensible; porque mi madre nunca llegó a entender por completo en qué consistía la enfermedad de su marido.

No tardó demasiado en sobreponerse, porque si algo caracterizó la vida de mi madre fue su rocoso pragmatismo y su capacidad para aplicar una energía inagotable y un tesón a prueba de bombas a todo lo que se propusiese. Siguió en la escuela y, poco después, gracias al IMSERSO, empezó a viajar con amigas. A pesar de afrontar esos viajes con el mismo sentido práctico, tan cercano a la más pura obligación con la que lo hacía todo, quiero pensar que durante un tiempo disfrutó de esas estancias fuera de casa.

Una vez viuda, quiso vivir sola, sin injerencias de ninguna clase por parte de nadie. Se encargaba de todos sus papeleos, yendo de un lado para otro de la ciudad con sus carpetitas de recibos o reclamaciones. Y se hizo cargo también ella sola, excepto en muy puntuales ocasiones, de la limpieza y la intendencia de su casa, que reformó en varias ocasiones durante los últimos veinte años; poco a poco, de manera consciente o no, fue librándose de prácticamente todos los muebles que había hecho mi padre.

Cabe suponer que una enfermedad como el alzhéimer empieza a mostrar sus primeros síntomas, leves e inconcretos, mucho tiempo antes de que la enfermedad se manifieste con verdadera virulencia. Al echar la vista atrás, ahora que sé cómo acabaron las cosas, es fácil fechar esos primeros síntomas, las tergiversaciones, los olvidos, las repeticiones, la facilidad para un llanto aleatorio o injustificado. Pero fue en la segunda mitad de 2019 cuando comenzamos a ver que algo serio sucedía. Y con la llegada de la pandemia y el confinamiento los síntomas se agravaron con mucha mayor severidad y rapidez. En unas pocas semanas, y a pesar de las visitas clandestinas de sus hijos, perdió siete kilos; siempre le había aburrido comer y, en ese momento, carente de referentes exteriores, se limitó a alimentarse únicamente de lo que le venía en gana, con un deje casi adolescente. Cuando pudieron realizar un examen médico exhaustivo, en septiembre de 2020, los médicos determinaron que sufría alzhéimer en una fase avanzada, entre severa y grave.

Durante los dos años que pasó en la residencia, mi

madre siguió reconociendo a sus tres hijos, al menos nominalmente; a las nueras y los nietos le costaba más. Por otra parte, y a pesar de estar convencidos de que con la entrada en la residencia daría inicio una fase especialmente conflictiva de la relación con ella, porque siempre había manifestado —a veces con extrema violencia— su negativa a abandonar su casa, mi madre se transformó, de la noche a la mañana, en una persona afable e incluso cariñosa en el trato.

Murió el 10 de mayo de 2023, tras haberse visto sometida a una operación debido a una rotura del fémur. Sabíamos que operarla era como intentar apagar un maltrecho ordenador lanzado al espacio y volver a encenderlo sin garantías de que el disco duro llegase a ponerse en marcha. La anestesia general fue demasiado para ella. Una vez más, los médicos nos dijeron que era normal que mostrase desorientación estando en el hospital, pero jamás llegó a recuperarse. Fue como si ese proceso hospitalario les hubiese dado permiso a las neuronas para tomarse un descanso definitivo. Tras varias complicaciones, su cuerpo se olvidó de tragar: mantenía la comida en la boca, pero al cabo de un rato la expulsaba como algo ajeno e innecesario. No mucho después, una peritonitis acabó con su vida.

No aprecié alivio o relajación en el rostro de mi madre una vez muerta. Seguía mostrando la misma tenacidad, el mismo afán. También morir, al parecer, fue para ella un proceso guiado por el pragmatismo y la obstinación.

En todos los años transcurridos desde la muerte de Nela, tan solo oí hablar a mi madre de ella en una decena de ocasiones. Siempre frases cortas, nunca una alusión directa al carácter de su hija o a un recuerdo específico. En esas mínimas ocasiones, mi madre acostumbraba a remitir a Nela para constatar que le había arruinado la vida, que debido a su muerte nunca podría ser feliz.

Cuando empezaba ya a sufrir las consecuencias del alzhéimer, también me dijo: Tu hermana murió hace cuarenta años. ¿Para qué vas a desenterrarla ahora? Está bien donde está. Tú encárgate de cuidar de los tuyos, de tu mujer y de tus hijos. Deja a tu hermana tranquila.

Dos semanas después de que mi madre ingresara en la residencia, entraron a robar en el piso de la calle Gomis. Los ladrones, sin duda, debían de estar al corriente de sus movimientos, pues esperaron muy poco tiempo para llevar a cabo el asalto. La operación, vista en su conjunto, parecía planeada con cierto método y realizada con una extraña asepsia que, en último término, mostraba más desgana que frustración. Reventaron las dos cerraduras con un par de golpes secos y certeros; dejaron tan solo los agujeros redondos en la madera. No debieron de hacer mucho ruido. La casa no estaba revuelta ni patas arriba, como suele ser habitual.

Daba la impresión, a medida que uno avanzaba por las habitaciones, de que los que entraron a robar se habían dado cuenta muy pronto de que su esfuerzo había sido en vano. Hacía ya un tiempo que mi madre no conservaba en casa, como había sido siempre su costumbre, dinero en metálico. Y las pocas joyas que había tenido a lo largo de su vida, unos pendientes y un par de cadenitas de oro, tampoco estaban ya allí.

A mí, lo único que me preocupó de todo aquel jaleo, más allá de tener que llamar a la policía y cambiar las cerraduras, fue recuperar los papeles legales —escrituras y testamento, básicamente— que todavía los hijos no nos habíamos llevado de su casa, así como los álbumes con fotos de la familia. Por lo demás, la sensación al descubrir lo que había ocurrido y recorrer la casa por primera vez tras el asalto, no fue, como cuando me robaron en una ocasión en Italia, mientras dormía en el tren, de desagradable violación de la intimidad. Pensé, como seguramente habían pensado los ladrones tras los cinco primeros minutos, que allí no había nada que robar, que no quedaba entre aquellas cuatro paredes nada de auténtico valor económico.

Meses más tarde, obligado por las circunstancias, pasé una tarde entera en el piso vacío de mi madre, trabajando con mi ordenador, acompañado por mi perro *Orión*. Era una tarde primaveral, así que no resultó en absoluto desagradable recorrer a pie los cuatro kilómetros que separaban mi casa de la de mi madre, a pesar incluso del prolongado ascenso. Sin embargo, al llegar al piso de la calle Gomis, después de abrir metódicamente las dos cerraduras nuevas que había instalado mi hermano tras el robo, noté al instante cómo salía a mi encuentro un frío húmedo, muy poco acogedor, casi palpable y sin relación alguna con el buen clima imperante en el exterior. No fue porque la casa llevase cerrada mucho tiempo, porque la abríamos con cierta frecuencia, entre otras cosas para regar las plantas del patio. Se trataba de una humedad que parecía emanar de las paredes de la casa.

Intenté concentrarme en el trabajo, pero me resultó imposible. No dejaba de notar lo que la casa me transmitía: allí yo era una entidad totalmente ajena. No soy muy dado a lo paranormal, así que no puedo decir que se tratase de una sensación de rechazo por parte de la propia casa, como si las paredes y los muebles, ejerciendo de anticuerpos, notasen algo parecido a una intrusión vírica y pretendiesen expulsarla; algo propio de una película de terror. Pero sí noté que mi estancia allí no tenía sentido, porque yo era un ser vivo que estaba llevando a cabo una labor cotidiana. Era como si en el piso todo hubiese quedado detenido, fijado en el tiempo y, sobre todo, vaciado de contenido. Por eso precisamente una persona viva, en movimiento, instalada en el presente, no tenía allí razón de ser.

Creo que fue en ese momento cuando entendí, en toda su extensión y profundidad, el estado en el que se encontraba la mente de mi madre.

Casi un año más tarde, decidimos que no había motivo alguno para esperar más tiempo a repartir entre los hermanos las escasas pertenencias que quedaban en aquella casa. Ya he dicho que no conservaba nada de auténtico valor económico, pero nosotros sí podíamos darle un mínimo valor simbólico a algunos objetos, cuberterías y vajillas antiguas, principalmente.

Y luego estaban las fotografías.

No eran muchas y además estaban por completo desordenadas. En los diferentes álbumes en los que las había conservado mi madre, esos pequeños cuadernillos de plástico que antes regalaban en las tiendas de revelado, estaban mezcladas las épocas, los parientes y las diferentes celebraciones. La mayoría de las instantáneas eran en blanco y negro y de pequeño formato. Las de color evidenciaban un salto temporal llamativo, de entre quince y veinte años, y retrataban otro tipo de realidad. Intenté, en cualquier caso, darles un mínimo orden en ese rato que pasamos en el piso los tres hermanos.

No tardé en centrar mi atención en las fotos que había tomado mi padre a finales de los años sesenta, antes de mi nacimiento. Me interesaban especialmente aquellas que reflejaban el día a día, la vida cotidiana de una familia inmigrante, de escasos medios, por no decir pobre, intentando hacer de tripas corazón para integrarse en su nueva vida. Fotos en las que aparecían mis tres hermanos en la calle, posando frente al portal del edificio, tan diferente en la actualidad. O en la abarrotada playa de los Baños de San Sebastián, en la Barceloneta. Y, sobre todo, las fotos tomadas en casa, en el patio, tendiendo ropa o lavando o haciendo el tonto, y también en el interior, en el espartano salón de entonces, con tan solo una sólida mesa de madera con las patas labradas, y mis hermanos sentados alrededor, comiendo y riendo.

Me puse a observar los rincones de la casa actual desde las diferentes perspectivas en las que habían sido tomadas esas instantáneas. Pero, en lugar de tener la impresión de estar recuperando el pasado, reviviéndolo modestamente si se quiere, me asaltó una profunda sensación de pérdida. Al apartar las fotos y mirar los diferentes rincones en el presente, supe que allí no estaba contenido el pasado, sino que destacaba precisamente su ausencia.

La casa, lo supe en ese momento con total certeza, no era un recordatorio de lo que habíamos sido como familia, sino que era un recordatorio del olvido por el que habíamos optado.

Por eso había que vender aquel piso, librarse de él lo antes posible y permitir que alguien transformase aquel espacio en otra cosa, tal vez en el nuevo receptáculo de los recuerdos alegres y tiernos de otra familia.

A pesar de los temores de mi madre, nunca tuve la intención de desenterrar a mi hermana. Todo lo contrario, porque siempre he creído que nunca fue enterrada de verdad. El olvido de la familia, no teniéndola presente nunca, ni siquiera en ciertas fiestas o celebraciones, la condenó a un limbo significativo tan profundo que incluso pudimos especular, como si se tratase de un juego macabro, con la posibilidad de que nunca hubiese existido.

Por otra parte, el olvido al que fueron sometidos todos los integrantes de la generación que creyó en la contracultura, Nela entre ellos, los relegó a una suerte de silencio administrativo, a un vacío histórico muy cercano también a la inexistencia.

Lo que yo quería al iniciar este libro era encontrar la luz que sin duda debía de atesorar también su historia. Una luz que me permitiese pensar en mi hermana, en el tiempo que le tocó vivir y en sus compañeros de viaje, desde una perspectiva que no estuviese marcada exclusivamente por la tristeza, la desesperanza y la frustración. Quería tener la certeza de que la existencia de Nela, y a ser posible la de quienes compartieron sus sueños en aquellos años, no había sido estéril.

Cuando mi madre intentó convencerme de que no desenterrara a Nela, creo que lo que estaba expresando era el temor a que sacase a la luz los elementos de esta historia que pudieran corroborar ese sentimiento de culpa contra el que venía batiéndose, con más éxito que el que tuvo mi padre, desde noviembre de 1979. Pero esa tampoco fue nunca mi intención, porque en ningún momento he pretendido culpabilizarlos de la muerte de Nela. Mis padres, a pesar de sus defectos, hicieron todo lo que estuvo en su mano; tal vez no fue suficiente para orientar o apoyar de manera adecuada a su hija, pero sé que no se les podía exigir otra cosa. No estaban preparados para afrontar el choque de placas tectónicas que tuvo lugar en aquel tiempo en Barcelona, un desplazamiento de los valores y de las costumbres que les llevó a sentir que no pisaban suelo firme y que el llano que creían habitar se había convertido de la noche a la mañana en una escarpada montaña.

En cualquier caso, Nela, tras su muerte, se vio sometida a un doble proceso de olvido, como miembro de nuestra familia y como joven ciudadana española. Un proceso de borrado muy eficaz que al empezar esta historia me situó en una suerte de grado cero de su biografía. Y las perspectivas, más allá del punto de partida, tardaron mucho en mejorar. Porque no solo desconocía prácticamente todo de la vida de mi hermana Nela, además habían pasado más de cuarenta años desde su muerte.

Durante un tiempo, quise creer que el olvido de los recuerdos por parte de la familia se debía a que estos contenían en su interior una elevada dosis de dolor. Dolor que, a pesar de no saber todavía nada de la vida, yo había atribuido a causas personales, propias de adultos, muy por encima de mis competencias. Porque mi madre me enseñó, grabándomelo a fuego, que la muerte de un hijo, por nefasta que hubiera sido la relación con su familia, no solo era lo peor que podía ocurrirles a unos padres, significaba algo muy parecido al fin del mundo.

Cuando siendo adolescente empecé a pensar en Nela como una persona independiente, no ya como un miembro de nuestra familia, no ya como la hija de mi madre, la veía como la protagonista de una vida malograda, truncada, echada a perder. Es decir, nos había hecho daño a todos, pero ella había salido peor parada porque las circunstancias, en última instancia, se la habían llevado por delante.

Ahora sé que ese era un pensamiento simple y torpe, debido en gran medida a lo limitado de mis propias experiencias vitales y también a mis miedos infantiles; muy condicionados por el punto de vista de mis padres, que fueron los que entendieron su comportamiento durante aquellos años como una muestra de egoísmo incomprensible y destructivo.

En cualquier caso, acercarme a Nela, cuarenta años después de su muerte, fue como si me aproximase al cráter producido por una explosión nuclear en mitad del desierto. Durante una primera fase, de hecho, creí que únicamente estaría en disposición de delimitar el diámetro de dicho cráter, de mesurar el alcance de los daños causados por el estallido. Pero ni siquiera ese proceso, por modesto que pudiese parecer, iba a ser tarea menor, pues igualmente estuvo plagado de sinsabores y presidido por un abrumador sentimiento de frustración.

Para empezar, el inicio de esta reconstrucción se vio marcado por la admonición de mi madre y también por su negativa a hablar conmigo de Nela. Después llegaron las conversaciones con mis hermanos, con preguntas repetidas una y otra vez que pretendían rasgar poco a poco el velo del olvido. Pero me topé siempre con una dolorosa escasez de recuerdos. Tampoco obtuve ninguna información relevante en las muchas entrevistas que llevé a cabo a protagonistas de aquellos años en Barcelona; todos ellos poseedores de una memoria selectiva que, para mi proyecto, no resultaba de excesiva utilidad.

Más tarde tuve que afrontar las dificultades relacionadas con los informes médicos. Me enviaron desde la Diputación de Valencia el certificado de defunción; pensar en él, de hecho, meses antes de obtenerlo, había sido una de las espoletas que puso en marcha esta historia. Pero no pude recuperar el informe médico del Hospital Provincial de Valencia, donde Nela murió. Me enviaron la siguiente carta desde la Generalitat valenciana:

Valencia, 9 de septiembre de 2021

Departamento de Salud Valencia-Hospital General
Oficina Abucasis
UDCA-Archivo

Estimado Sr. Trejo:

En referencia a su petición de informe de fecha 21/07/2021, sobre el ingreso y defunción de su hermana el 25/11/1979, lamento comunicarle que no hemos podido encontrar en nuestros archivos ninguna información al respecto.

El actual archivo central de historias clínicas del Consorcio Hospital General Universitario de Valencia, se funda en 1989, recogiendo y centralizando la documentación de cada paciente, que hasta entonces se almacenaba en archivos departamentales de cada servicio.

Por otra parte, las diferentes inundaciones sufridas en Valencia, especialmente las del año 1998, destruyeron prácticamente la totalidad de la documentación anterior a esa fecha, dado que afectaron a las estancias en las que estaban archivadas las historias clínicas.

Consultado el Fichero Maestro de pacientes, no existe ningún registro a nombre de Dª Manuela Trejo Álvarez.

Atentamente

En el certificado de defunción constaba que la última residencia de mi hermana Nela había sido el Hospital Psiquiátrico de Bétera, lo cual me tuvo confundido durante semanas. Al final entendí que habían sido los responsables del Hospital Psiquiátrico los que habían formalizado el ingreso de mi hermana en Urgencias del Hospital Provincial.

Tras varias llamadas al Hospital Psiquiátrico de Bétera con la intención de obtener de ellos toda la información que pudiesen darme de mi hermana Nela, una amable empleada me dijo que iba a enviarme algunos datos del informe médico del que disponían. Era muy breve, me aclaró, apenas una página escrita a mano, con letra difícilmente legible. Me indicó que estuvo allí tan solo dos días. Me leyó, con dificultad, como si alguien al otro lado de la línea le estuviese indicando qué podía decir y qué no, que Nela no había respondido a la medicación o algo parecido. En el informe también se dice, según me comentó, que como el dolor no remitía fue al hospital y que desde allí les informaron de su deceso.

Esta empleada que habló conmigo sabía que Nela había estado en el Pabellón 8, la unidad para alcohólicos y drogodependientes. Muy solicitado en su momento, al parecer. Cuando inquirí sobre posibles contactos de mi hermana, me dijo que había un número de teléfono que no me iba a proporcionar, que apenas había información, que no me iba a servir para nada. Al parecer, a la mujer le impresionó lo que estaba leyendo porque, en un momento concreto, me dijo que creía estar haciendo algo que no le correspondía; entendía mi situación y empatizaba con mi necesidad de información, aclaró, pero a nivel profesional no podía hacer más. Insistió en que no iba a sacar nada de eso.

Cuando hice hincapié en posibles causas de la muerte, ella me dijo, literalmente: Hombre, siendo heroinómana...; como si ese detalle entrañase un sentido evidente. Acto seguido, insinuó que estaría bien no conocer nada más del caso, dejar en este punto mi investigación. Aun así, era consciente de mi deseo y de mi derecho a saber.

El 15 de septiembre recibí una llamada del director gerente del Hospital Psiquiátrico de Bétera. Me aclaró, de manera rotunda y definitiva, que no podía entregarme la información de la que disponían porque yo no tenía la tutoría legal de mi hermana. En ningún momento llegó a plantearse siquiera mi argumentación de defensa al respecto: que yo no podía tener la tutoría legal de mi hermana porque murió cuando yo tenía nueve años; que, de hecho, nadie podía tenerla porque mis padres habían muerto y, además, en ningún momento se planteó que mi hermana necesitase un tutor legal. Después de darle muchas vueltas al concepto, entendí que lo único que pretendía aquella persona era velar por los intereses del centro psiquiátrico. El director gerente se mostró falsamente dialogante y teóricamente comprensivo, pero no varió un milímetro su posición inicial. Me habló incluso de su historia personal, de algunos de sus amigos consumidores de heroína que enfermaron de sida. Para finalizar, y con tono paternalista, me dijo que debía conformarme con saber que mi hermana era joven y que se equivocó.

A esas alturas, me había quedado claro que solo mediante acción judicial podría recuperar dicho informe, que por lo demás era tan solo de media página. Al cabo de una hora me llegó por mail la siguiente notificación:

Diputación de Valencia

A la att. de Juan Trejo Álvarez

En fecha 8 de junio de 2022 ha tenido entrada en el Registro General de Diputación, número de registro 42750, su solicitud en relación a la consulta del expediente médico de su hermana, Manuela Trejo Álvarez, que se conserva en el Hospital Psiquiátrico de Bétera.

Visto que a dicha solicitud aporta únicamente libro de familia y DNI de la paciente, no constando ningún documento relativo a la tutela legal, en aplicación de la normativa vigente en materia de protección de datos y acceso a historias clínicas, le comunico que según consta en la historia clínica, su hermana ingresó en el Hospital Psiquiátrico de Bétera el 23 de noviembre de 1979, siendo trasladada del mismo con destino al Hospital General de Valencia en fecha 24 de noviembre de 1979.

Lo que comunico a los efectos oportunos.

Probé suerte semanas después con la Seguridad Social. Al descubrir en la cartera que estaba en casa de mi madre la cartilla de la Seguridad Social de Nela, supuse que habría sido dada de alta y que en alguna parte constaría cuál había sido su lugar de trabajo durante el tiempo que estuvo en La Floresta. Pedí cita y me presenté en las dependencias con todos los papeles de los que disponía para certificar la existencia de mi hermana Nela, también su defunción, así como nuestra relación como miembros de la misma familia. Saltándose el protocolo, porque al parecer no era esa oficina la que me correspondía para semejante trámite, una amable funcionaria estuvo un rato trasteando con su ordenador para darme la respuesta que temía: nada. Tal vez habría sido dada de alta, fue la conclusión, pero jamás nadie llegó a ingresar en la Seguridad Social lo que le correspondiese por cotización alguna.

Pero por encima de todos esos frustrantes contratiempos, que parecían apuntar hacia la teoría de la no existencia de Nela, del total borrado de su paso por esta tierra, estaba Valerio, el joven italiano con el que había compartido los últimos dos años y medio de su vida.

Tan solo sabía su nombre, no tenía idea de su apellido. Disponía de cuatro fotos de él con Nela y unos amigos en Génova, en 1978, pero no tenía modo de saber nada más de su persona. Pensé que encontraría su apellido en el informe médico del Hospital Provincial. También que habría alguna referencia a Valerio en el informe del Hospital Psiquiátrico de Bétera. Les enseñé su foto a algunas de las personas a las que entrevisté cuando estuve informándome sobre los años setenta en La Floresta, pero no obtuve ni la más mínima pista. Incluso me planteé la posibilidad de contratar a un detective privado para que lo buscase, pero cuando me puse en contacto con uno, vía telefónica, me dijo que con los datos de los que disponía en ese momento abrir un expediente en su agencia sería tirar el dinero.

Durante un tiempo, quise creer que en Valerio se encontraba la clave que podría acabar de perfilar de manera veraz la reconstrucción de la breve e intensa vida de mi hermana Nela. Pero al comprobar lo difícil que resultaba obtener más información, ya casi me había resignado a contar esta historia sin que Valerio tuviese en ella el más mínimo peso.

Fue entonces cuando le expliqué el caso a mi amigo Jordi Corominas Julián, periodista y escritor, quien, haciendo suya mi inquietud, me condujo hasta la historiadora italiana Vanessa Roghi y, en particular, a su libro *Piccola città. Una storia comune di eroina.*

De repente, donde parecía haber un muro infranqueable se abrió una puerta.

Piccola città. Una storia comune di eroina, de Vanessa Roghi, es un libro que cuenta, a través de una historia personal —el padre de la autora fue encarcelado por tráfico de heroína—, cómo esa droga entró en Italia a mediados de los años setenta, y llegó incluso a los pueblos más pequeños, para destrozar miles de vidas de jóvenes idealistas comprometidos con el cambio social.

Vanessa Roghi es historiadora, escritora, profesora universitaria y autora de documentales para el programa *La grande storia* de la cadena italiana Rai Tre y, en cuanto leí su libro, me puse en contacto con ella, pues animaba a hacerlo a sus lectores. Quise hacerla partícipe de mi investigación para ver si, desde Italia, podía darme alguna pista de Valerio, de los meses que pasó con mi hermana en Génova y, en última instancia, del tema de la heroína en esa ciudad durante la segunda mitad de los años setenta. Su respuesta fue inmediata.

Le pasé varias fotos por mail y ella me preguntó, con el fin de facilitar la búsqueda de información, si podía colgar alguna de ellas en Facebook junto a un breve mensaje. A mí me pareció bien, siempre y cuando la consulta a sus amigos y conocidos en redes se centrase en Valerio, de quien no sabía siquiera a esas alturas el apellido.

A partir de ese momento, se puso en marcha una reacción en cadena rápida, sorprendente e iluminadora. Ya la primera respuesta concreta, dirigida a Vanessa Roghi a través de un amigo, decía lo siguiente: «Yo conocí a Valerio, fue mi compañero de clase en el instituto. Preparamos juntos la selectividad. Tenía un hermano mayor que pasaba heroína. Creo que los dos murieron, y también que murieron de mala manera, pero no sé mucho más». Era la primera noticia directa de la que disponía en relación con Valerio de alguien que lo hubiese tratado personalmente. Añadía además otro personaje a la ecuación, ese hermano mayor que «pasaba heroína», y que daba un sentido lógico a la mudanza de Valerio y Nela a Génova.

Le pregunté a Vanessa Roghi si podía conseguir, mediante la intervención del conocido de su amigo, el apellido de Valerio. Y en menos de doce horas ya disponía de él.

El apellido me permitió buscar directamente en redes y, después de diferentes intentonas, fue en Facebook donde di con la tecla. Encontré, por así decirlo, dos núcleos familiares con ese mismo apellido, uno afincado en Sicilia y alrededores, que descarté de momento, y otro vinculado a Génova. Le envié el mismo mensaje a dos mujeres, Emanuela y Sonia, que me dieron la impresión de ser hermanas, explicándoles cuál era mi intención al ponerme en contacto con ellas y solicitándoles, con toda la delicadeza de la que fui capaz, cualquier tipo de información en caso de estar relacionadas de algún modo con Valerio.

Eran sus sobrinas.

La primera en responder fue Emanuela: «Ha sido toda una sorpresa recibir tu mensaje. He encontrado el artículo que se ha publicado en el periódico aquí en Génova y sí, la persona de la foto es mi tío Valerio. Valerio era hermano de mi padre. Si quieres te pongo en contacto con él. Me han hablado mucho de mi tío, yo lo conocí muy poco por desgracia, falleció cuando yo era muy pequeña, pero conservo algunos hermosos recuerdos. En Facebook también encontrarás a Silvia, la hija de Valerio. Le encantará recibir un mensaje tuyo». Tras mi agradecida respuesta a ese primer mensaje, Emanuela añadió el siguiente: «¿Puedo preguntarte cómo conseguiste su apellido? Mi prima mandó un mensaje a Vanessa Roghi anoche, en cuanto nos enteramos del artículo».

Le expliqué cómo había llegado al apellido de Valerio, le adjunté un par de fotos más de su tío y también le comenté que no tenía ni idea de ese artículo de prensa del que me hablaba. Emanuela no me aclaró ese punto en su siguiente respuesta: «¡Gracias por compartir las fotos y tus palabras conmigo! Creo que es una oportunidad maravillosa para ayudarte a descubrir algo sobre tu hermana y, por qué no, también para ayudar a nuestra familia a saber algo más de una persona que todos conocíamos pero probablemente sin entender del todo partes de su vida».

En relación con el artículo de prensa, descubrí poco después que en el diario *Genova 24* habían publicado directamente, sin apenas añadir detalles, el texto y la fotografía de Valerio que Vanessa Roghi había colgado en su muro de Facebook. El titular del artículo rezaba así: «Una foto y un recuerdo, un escritor español busca las huellas de su hermana, que vivió en Génova en los años setenta». Y la entradilla: «Se llamaba Nela y murió por problemas relacionados con la heroína. La investigadora Vanessa Roghi ayuda ahora a su hermano, más de cuarenta años después».

De repente, el nombre de la mujer que yo creía al borde de la inexistencia, mi hermana Nela, aparecía en un periódico italiano.

Efectivamente, la hija de Valerio, Silvia, a la que ya le había enviado un mensaje por indicación de su prima, se había puesto en contacto con Vanessa Roghi. «Soy la hija del citado Valerio. La persona directamente afectada, Juan Trejo, también se puso ayer en contacto conmigo. Todavía no he tenido ocasión de contestarle, es una noticia ciertamente inesperada y de verdadero impacto emocional. De momento, no tengo mucho más que decir, necesito un tiempo para procesarlo todo.»

Un día después, Silvia me escribió: «Querido Juan, es la tercera vez que intento escribirte, por fin las palabras fluyen tan tranquilas como un río. Eso no quiere decir que este río fluya sin guijarros y ramas secas de viejos árboles a lo largo de la corriente, al contrario, dentro de mi corazón hay un torbellino tras tu aparición en mi vida. Intentas reconstruir la vida de tu hermana Nela tanto como yo intento reconstruir la vida de mi padre, que es algo que tenemos en común. [...] Comprenderás que también para mí ha supuesto una profunda emoción encontrarme contigo, solo te pido un poco de paciencia. En este momento, siento que debo dar pasos lentos con respecto a esta cuestión. [...] Necesito tiempo para procesarlo todo, supongo que lo comprenderás».

Me alegró mucho, hasta un punto que jamás podría haber sospechado, constatar que Valerio había salido adelante después de la muerte de mi hermana Nela y que había sido capaz de formar una familia; aunque me enteré después de que el matrimonio no había acabado bien. Gracias al mensaje de Silvia, por otra parte, entendí por primera vez que en Génova no solo había encontrado a unos interlocutores válidos, valiosos incluso, sino que esos interlocutores tenían su propia versión de los hechos en relación con Valerio y mi hermana y que, con mi aparición, se iban a ver obligados a revisarla, añadiendo, con toda probabilidad, detalles oscuros —que, curiosamente, habían sido mi punto de partida— a una historia que para ellos, hasta ese momento, había sido lo bastante luminosa como para conservarla desde el cariño.

Sonia, la hermana de Emanuela, me confirmó ese punto de vista: «Gracias por tu mensaje, Juan. Soy la sobrina de Valerio, la hija de su hermano. Sé que ya has intercambiado mensajes con mi hermana Emanuela y que has escrito a Silvia, la hija de Valerio. También podrás hablar con mi padre, Mario. Todos queríamos mucho a Valerio: era una persona especial, sensible e inteligente». Cuando le respondí, aclarándole mi intercambio con Silvia y haciéndole alguna pregunta un poco más precisa, me dijo: «Nací en 1970. En aquella época era una niña. Creo que solo vi a tu hermana una o dos veces. Valerio murió en los noventa, y cuando ocurrió, Silvia era una niña. Quizá necesite un poco de tiempo. Porque esta historia ha reavivado muchas emociones en ella». Incluyó en ese mensaje la dirección del correo electrónico de su padre, que al parecer estaba esperando ya que le escribiese.

Me quedé con dos detalles de ese intercambio con Sonia: la confirmación de que Valerio había muerto unos veinte años después que Nela, y el hecho de que alguien con quien estaba hablando hubiese tratado directamente, aunque desde una perspectiva infantil, con mi hermana. Al igual que me había ocurrido al hablar con Francesc, aquel novio de juventud, el mero hecho de oír, o leer, a alguien que se refería a mi hermana como «Nela» provocó en mí una oleada de emoción; como si, de algún modo, el hecho de que ese alguien utilizase el nombre que había elegido para referirse a sí misma le otorgase a la existencia de mi hermana Nela verdadera carta de naturaleza.

Se puso entonces en contacto conmigo, de una manera tan extraña que en principio me llevó a desconfiar, un tal Riccardo, amigo personal de Valerio. Un aviso en Facebook me indicó que alguien había añadido un comentario a una foto que yo había subido a mi muro tres meses antes; concretamente un día después de mi cumpleaños. El escueto mensaje decía lo siguiente: «Conocí a Nela... Valerio era amigo mío... Los recibí en casa y tengo material fotográfico». Añadía también su número de teléfono.

Movido por la suspicacia, y molesto por la extraña reacción algorítmica que generó ese mensaje —varios de mis contactos de Facebook me felicitaron por mi cumpleaños tres meses después del mismo—, le pregunté cómo había llegado a saber de mi apellido en relación con Nela y Valerio y también le pedí que me enviase por Messenger alguna de las fotos de las que hablaba. Esta fue su, para mí, demoledora respuesta: «No tengo Messenger... no me interesa... Me enteré de tu nombre por Mario —hermano de Valerio y Lorenzo—. [...] Valerio y yo crecimos juntos como hermanos y sé de su vida. Y lo que no supe personalmente me lo contó él. Yo le tenía cariño a Nela... Era una persona maravillosa. No murió de sobredosis sino debido a las drogas y por la abstinencia... Se asfixió mientras dormía... y por descuido de los que la cuidaban».

Más allá de no entender su uso de los puntos suspensivos, me sorprendió que Riccardo me diese tanta información de golpe, sin esperar confirmación de ningún tipo. Al parecer, había mantenido una relación de amistad muy cercana con Valerio, pero sobre todo me impresionó lo que dijo de Nela: «le tenía cariño», «era una persona maravillosa». Y después estaba el tema de la explicación de su muerte, tan precisa y concreta, algo que sin duda tuvo que contarle el propio Valerio después, tras su regreso a Italia desde Valencia.

De nuevo, y en esta ocasión con mayor conocimiento de causa, alguien que había tratado directamente a Nela en aquel tiempo. No solo eso, Riccardo tenía una opinión favorable de ella que parecía sincera y sentida.

Durante varios días, al tiempo que se iba ampliando mi red de contactos en Italia a través de la familia de Valerio, intercambié toda una serie de mensajes con Riccardo. Yo intentaba llevarlo al ámbito de la concreción, pero pronto me quedó claro que Riccardo tenía ya una edad, había pasado mucho tiempo y, con toda probabilidad, el estilo de vida que llevaba en aquella época había provocado que sus recuerdos fuesen más de carácter general que específicos.

Le dije, por ejemplo, que tenía la impresión de que Valerio había sido un hombre bueno y afectuoso que había querido mucho a mi hermana. Él me respondió: «Sí, la impresión que tienes de Valerio es la correcta... Valerio era bueno, inteligente, pero extremadamente vago. En Nela encontró —o quizá Nela lo encontró a él— su media naranja. Dos figuras románticas e igualmente alternativas».

Le pregunté también si recordaba en qué meses exactos de 1978 mi hermana Nela y Valerio se habían alojado en su casa y me respondió: «No tengo mucho que contarte, porque no recuerdo acontecimientos concretos. Vivíamos al día, intentando sobrevivir. En sus primeros tiempos en Génova estuvieron en mi casa, hasta que encontraron un piso en los "callejones" de la ciudad vieja. No recuerdo la época exacta, pero debió de ser la que mencionas».

Le pregunté sobre la posibilidad de que alguno de los dos hubiese realizado algún tipo de trabajo remunerado y también sobre su consumo de heroína, si ya estaban enganchados y cómo conseguían la droga. «No creo que tuvieran ningún trabajo. En Génova, si lo que se quería era ganar un poco de dinero, había un pequeño comercio para los que buscaban algo que fumar. En Génova nunca fue un problema encontrar "cosas" en general. Pero cuanto más te acercabas a los callejones, menos pagabas por ellas. En los callejones estaban las "paradas" de los napolitanos. Yo andaba con ellos. Pero mi amigo Valerio tenía otros canales para obtener la droga.»

En una ocasión, le pregunté simplemente por Nela y por la relación que tenía con Valerio; en concreto, si creía que estaban enamorados.

«Nela era una chica inteligente y alternativa, poco convencional. Más inclinada a la alegría que a la melancolía. Una inteligencia activa, no estática. Con Valerio tenía que serlo, porque ya te he dicho que era perezoso, a diferencia de Mario y Lorenzo. Era fácil sintonizar con ambos... Con Nela incluso más. En aquella época tu hermana estaba feliz y enamorada. Aunque con altibajos, la pareja funcionaba. Recuerdo a Nela como una chica reflexiva, alegre, sociable y, si se la tomaba en su justa medida, adorable. Vivíamos en los márgenes del tejido social, como hormigas enérgicas siempre en busca de algo. Comíamos muchas veces juntos en un restaurante pequeño y barato pero de cocina casera.»

Este mensaje me emocionó profundamente, porque coincidía con la imagen que yo me había ido haciendo de mi hermana a lo largo de los últimos meses, conforme recreaba su historia, precaria en datos, aplicándole una elevada dosis de buena voluntad y utilizando todos los recursos que la literatura podía ofrecerme.

Mientras tanto, Mario, el hermano de Valerio, antes de que llegásemos a charlar por fin por videollamada, me envió dos largos mensajes para responder, en la medida de sus posibilidades, a mis múltiples preguntas.

Querido Juan:

Perdona que te escriba tan solo unas pocas líneas; escribir no es mi fuerte. Como comprenderás, este asunto, después de tanto tiempo, me ha afectado emocionalmente, aunque de manera positiva; algo que también les pasó a mis hijas, que, aunque no conocieron realmente a tu hermana, estaban muy unidas a Valerio. Desgraciadamente, poco pude ayudarles, porque yo era el hermano que siempre estaba en casa, dedicado al trabajo y a la familia, por lo que estaba muy alejado de los ideales de Valerio y Nela en aquella época.

Tengo un vago recuerdo de Nela, a la que solo vi un par de veces, pero sé con certeza que estaban muy enamorados. Si nuestro otro hermano, Lorenzo, estuviese vivo, habría podido ayudarte más; una lástima. La única ayuda que he podido ofrecerte ha sido ponerte en contacto con Riccardo, que era amigo de Valerio y se conocían mucho de aquella época. Él debe conocer la historia al completo de ese gran amor. Tanto él como mis hijas se han hecho cargo de la situación y a partir de ahora estarán en contacto contigo.

Todos estamos encantados de ayudarte en este camino. Hay que tener en cuenta, sin embargo, que Valerio tuvo después dos hijas que ya tienen más de treinta años y que, al descubrir ahora estas cosas sobre su padre, no sabemos cómo van a reaccionar, por lo que debemos ir con mucha cautela.

En cualquier caso, en mi pequeña medida estoy a tu disposición.

Un abrazo,

Mario

Yo, todavía empujado por la energía que había despertado en mí el dar con la familia de Valerio, no cesé en mi empeño y seguí haciendo preguntas.

Querido Juan:

Como ya te he dicho, siento mucho no poder serte de más ayuda. Lorenzo era el mayor y Valerio el pequeño, estaban muy unidos y, desgraciadamente, llevaban el mismo tipo de vida irregular, aunque los dos tenían grandes dotes. Lorenzo era un artista en todo y Valerio un intelectual. A mí me consideraban, aunque sin mala intención, la oveja negra de la familia. Así que sé poco de ellos. Sabía lo de Nela y que vivieron algún tiempo en un pisito en el casco antiguo de

Génova con otro amigo español, no recuerdo el nombre, que luego también murió. Después de lo ocurrido en Valencia, recuerdo que Valerio estaba muy enfermo y Lorenzo fue a recogerlo para llevarlo de vuelta a Génova. Más tarde, como mis padres se habían ido a vivir a Umbría, al pueblo de origen de mi madre, él también se fue allí y poco a poco consiguió salir de aquella fea vorágine. Encontró trabajo, formó una familia y tuvo dos hijas. Al cabo de unos años, las cosas no fueron bien con su mujer y rompieron. Sufrió una depresión, se dejó llevar y como su cuerpo, dado su historial, no se encontraba en el mejor estado, mis padres lo llevaron de vuelta a Génova, donde murió en 1998. Eso es todo lo que sé.

Si alguna vez pasas por Génova, estaré encantado de recibirte.

Un abrazo,

Mario

En este último mensaje, Mario me pasó también el número de teléfono de Mariella, una prima de Valerio que había mantenido con él una relación estrecha durante aquellos años y que, al parecer, fue incluso a visitar a la pareja a Valencia durante el verano de 1979, pocos meses antes de la muerte de Nela. Le escribí varios extensos mensajes vía WhatsApp, que ella contestó con dos mensajes de voz también bastante extensos.

En el primero de ellos, titubeante e impreciso, me comentó que conoció a Nela en el verano de 1979, cuando fue a visitar a su primo. Para ella fue toda una aventura, porque era el primer viaje que hacía sola, tenía veintidós años, y además, como no disponía de su dirección exacta, no le resultó sencillo encontrarlos. Pasó una semana con ellos. Me dijo, de entrada, que Nela era una muchacha espléndida, en el más amplio sentido de la palabra, llena de vida. Al parecer, le encantaba ir en taxi de un lado para otro; no utilizaron otro medio de transporte en esos días, Nela estaba obsesionada. Aunque, por otra parte, se trataba de un periodo particular, extraño, con la presencia de esa droga maldita, según sus palabras, que arruinó la vida de ambos. Fue una semana linda, en casa de los amigos de la pareja, pero, de nuevo insiste en la droga, siempre en el centro de todo. La llevaban con ellos a buscar heroína a una plaza en la que se encontraban con su camello. Hasta que, en un momento determinado, Valerio le dijo que se marchase, que estaba de vacaciones y que tenía que disfrutar de esos días. La acompañaron en taxi al puerto para que tomase el ferri que había de llevarla a Ibiza. Fue maravilloso conocer a Nela, me dijo Mariella, aunque también un poco descorazonador, porque le dio la impresión de que tanto Valerio como Nela estaban un poco perdidos. Estaban en una fase crítica de su vida, según su opinión, y seguramente, si no hubiese estado la droga de por medio, seguirían juntos como pareja, porque se notaba que estaban enamorados de verdad. Quería decirme muchas cosas más, pero se había puesto a grabar el mensaje sin planificar en lo más mínimo lo que pretendía transmitir e inevitablemente se repitió bastante.

De nuevo, en cualquier caso, una visión amable y cariñosa, simpática incluso, de Nela, esa joven llena de vitalidad, enamorada de su pareja, generosa en sus afectos y en el trato. Una visión diametralmente opuesta de la que yo tenía al iniciar este libro.

Entre el primer y el segundo mensaje de voz de Mariella, tuve noticia, a través de Vanessa Roghi, de la exesposa de Lorenzo, el hermano mayor de Valerio con el que había mantenido un contacto más estrecho debido a la visión «alternativa» de la vida que ambos compartían. La exesposa vivía ahora en Suiza, se había vuelto a casar después de la muerte de Lorenzo, en 2001. En un breve mensaje, tras aclarar su actual situación, le comentaba a Vanessa Roghi: «Valerio se casó en el pueblo de Foligno a principios de los años noventa. Tuvo dos hijas. Después se separó y vino a vivir con nosotros a Génova, donde murió de sida a finales de los noventa. Lamento no poder decirte nada más. Buena suerte».

El segundo mensaje de voz de Mariella, igual de sincopado y repetitivo que el primero, llegó después de hacerle yo varias preguntas sobre las circunstancias de aquella semana en Valencia. Mariella me contó que recordaba que el apartamento en el que vivían era muy grande y que, como Nela estaba fascinada por los cómics, había ejemplares de diferentes títulos por todas partes; verdaderas pilas, por todos los rincones. Valerio se los compraba porque sabía lo mucho que le gustaban. Y me repitió, de nuevo, que la vida de Valerio y Nela se organizaba en torno a la droga. También me habló de algún viaje a Francia para llevar a cabo algún tipo de trapicheo, aunque no lo tenía claro. Me dijo que quería mucho a Valerio, que era una persona verdaderamente maravillosa. Y entonces, como salido de la nada, me habló de un recuerdo muy específico que, por lo visto, fue el que le llevó a marcharse de allí lo antes posible. En aquel piso tan grande, siempre lleno de gente, con todas aquellas habitaciones llenas de cómics, una tarde en la que había allí un montón de muchachos y muchachas, todos españoles, uno de ellos agarró a un pequeño gatito que andaba por allí, enfadado porque no dejaba de molestarlo, y lo estampó contra una pared. Para Nela y Valerio fue sumamente desagradable. Después Mariella pasó a hablarme de su propia experiencia personal: cómo había visto morir a todos los miembros de su familia, e incluso a su pareja, siendo muy joven. Pero, acto seguido, retomó su buena disposición y, con evidente alegría, me relató la ilusión que le había hecho recibir mis mensajes y ver mi cara; en la foto de WhatsApp, cabe suponer. «Dije: la vida es maravillosa. ¿Quién me iba a decir a mí que podría ver la cara del hermano pequeño de Nela después de tantísimos años?» Y para finalizar, tras repasar una vez más las obsesiones de Nela, me dijo que Valerio incluso le llevó varios cómics al hospital el día en que murió.

Y de ese modo, cuando ya lo daba todo por perdido con Valerio, cuando casi me había resignado a que lo ocurrido en Génova y Valencia siguiera siendo por siempre un oscuro misterio, me llegó una brillante luz desde Italia que ayudó a completar un puzle. Cierto que, una y otra vez, aparecía el tema de la heroína, pero, al mismo tiempo, por primera vez en mi vida podía observar a Nela desde la óptica amable, dulce y afectuosa, comprensiva e incluso alegre, de algunas de las personas que la habían tratado en los últimos años de su vida. Por no hablar de las fotos que me hizo llegar Luca, hijo de Mario, en las que se veía a Nela directamente feliz y sonriente.

Por otra parte, tras la videollamada que mantuve con Mario, sus hijos Sonia y Luca y la hija de Valerio, Silvia, fui plenamente consciente de hasta qué punto la historia de mi hermana Nela, que yo creía un asunto propio y exclusivo de mi familia, había vertido también una nueva luz en una familia hasta entonces desconocida, para que ellos pudieran completar también su propio rompecabezas. Un puzle marcado en un principio por el dolor y la tristeza, también por la incomprensión y la nostalgia, pero teñido ahora por la serena alegría y la consciente satisfacción que ofrece el haber optado por el recuerdo para honrar unas vidas que, sin duda, acabaron demasiado pronto.

¿Cuál es el hueco que deja una persona cuando ya no está, cuando ha muerto? ¿Cuál es el espacio irremplazable que, como una marca o sombra, seguirá sin ocupar por los siglos de los siglos? Todos somos insignificantes, todos seremos olvidados, pero ¿implica eso que no quedará ni siquiera una pequeña marca de nuestro paso por la tierra, una huella, un suspiro? ¿Depende esa mínima permanencia únicamente del recuerdo, de que al menos alguien, uno entre miles de millones, recuerde a la persona que se fue, la que ya no está?

He hablado del concienzudo y sistemático proceso de olvido al que fue sometido el recuerdo de mi hermana, como lo fue también el de los miembros de su generación que, como ella, creyeron durante unos años que era posible cambiar no ya un sistema político, sino una manera de entender la existencia. Sin embargo, cuando descubrí las verdaderas circunstancias de la muerte de Nela, a mis diecisiete años, fueron muchas las ocasiones en las que pensé en ella. No tenía recuerdos de los que echar mano, pero sí me dio por imaginar, en tantas ocasiones, posibles vidas alternativas para Nela. Me entregaba a diferentes desarrollos narrativos basados en el deseo y la fantasía. Imaginaba, por ejemplo, que mi hermano Paco, debido a la tensión y al dolor del momento, había identificado a otra chica muerta en lugar de Nela. Imaginaba que ella había orquestado una muerte falsa para poder escapar del callejón sin salida en el que se encontraba, abandonando a todos sus seres queridos, amigos y conocidos.

Imaginarla inmersa en una nueva vida, en el extranjero tal vez, haciéndose mayor, envejeciendo incluso, encerrada en su silencio y apartada de cualquier lugar en el que sucediesen cosas significativas, pero viva, me resultaba muy gratificante. Quería pensar que algo así era posible, por eso no añadía detalles específicos que acercasen mi fantasía a la realidad.

También creí verla en muchos lugares, ya fuese durante alguno de mis viajes o en Barcelona. Creía apreciar en los rasgos de mujeres desconocidas una posible actualización del rostro de Nela con veinte o treinta años más. En esos casos, me dejaba llevar por la imaginación y barajaba dos versiones alternativas, paralelas y sin posible concomitancia. En la primera, Nela me reconocía a pesar del paso del tiempo, me saludaba, distante pero afectuosa, y yo apreciaba en su gesto y sus rasgos el alto precio que había supuesto para ella el sacrificio de escoger una vida alejada de todo. En la segunda, cuando la detenía y hablaba con ella, Nela se negaba a admitir su identidad y me rechazaba, alejándose al instante, con muy malas maneras. Ambas versiones me producían un inopinado desasosiego. En el caso de la primera, porque sabía que yo también iba a tener que guardar el secreto de su existencia oculta. En el segundo, porque me corroía la duda de haberme equivocado y, por tanto, de que esa fuera la confirmación definitiva de su desaparición.

Cuando más recientemente, una vez iniciado este libro, volví a entregarme a ciertos vuelos de la imaginación, mis fantasías sufrieron un sutil viraje que evidenciaba un carácter mucho más íntimo. Todo empezó al ver la escena final de *Érase una vez en Hollywood,* de Quentin Tarantino. Después del redoble final de violencia y humor, que da como resultado la reescritura de la historia basada en hechos reales, el protagonista, interpretado por Leonardo DiCaprio, detenido ante la puerta de la casa de sus vecinos, oye por el interfono la voz de la dulce Sharon Tate invitándole a entrar. Es decir, Sharon Tate está viva, no ha muerto a manos de los secuaces de Charles Manson.

Ni mis hijos ni mi mujer entendieron mi llanto desconsolado —como me ocurrió con *Sonrisas y lágri-*

mas—, que no cesó al salir del cine, mientras ellos comentaban la película. Pero, a partir de ese momento, quise creer que, a través de la palabra, a través de una narración, tal vez podría ofrecerle a Nela una versión alternativa de lo que le sucedió. De ese modo, la vi sobreviviendo a la noche en el Hospital Provincial de Valencia, saliendo de nuevo por su propio pie, ya sin dolor en el abdomen ni en las extremidades. La vi despidiéndose de Valerio, con lágrimas en los ojos pero henchida de absoluta determinación, yéndose a vivir tal vez a Alemania en un principio, para instalarse una vez jubilada en Cádiz. Sin notificar ninguno de esos cambios a nadie de la familia, obviamente, apartándose también de ellos de manera definitiva, dejándoles creer que había muerto. La suponía haciendo amigos allí donde fuese. Encontrando una nueva pareja, un hombre sencillo, amante de la naturaleza y de las plantas, abriendo con él un vivero o un *camping*. Y aunque fui incapaz de imaginarla con hijos, sí la vi rodeada de un montón de buenos amigos, estos sí con hijos e hijas, que no iban a tardar en llamarla «tía Nela». Trabajando siempre para la comunidad, ayudando tal vez en un centro de desintoxicación en sus días libres. Sin duda encontrándose a gusto ya, después de todo lo vivido, rodeada de mujeres, siempre complacientes y amables; tal vez incluso de alguna de mayor edad, un modelo, un referente, una figura materna digna de ser imitada.

Me habría gustado ofrecerle a Nela otra vida, una vida larga que llegase al menos hasta aquí, hasta el día de hoy, superados sus sesenta y cinco años. Una vida madura, serena. En la que un día podría reunir a sus amigos y conocidos, posiblemente durante una comida o una cena de celebración, para explicarles con todo detalle cómo había sido su vida hasta entonces y, sobre todo, para hacerles entender lo poco que había faltado para que nada de eso hubiese ocurrido. Lo poco que había faltado para que ella hubiese muerto, siendo apenas una muchacha, en la sala de Urgencias del Hospital Provincial de Valencia.

No he podido crear para mi hermana Nela una vida alternativa, solo he podido contar su historia, partiendo casi de cero, recuperando del olvido pequeños fragmentos que eran para mí valiosas ruinas inconexas de un mundo y de una persona desaparecidos para siempre mucho tiempo atrás. Ruinas con las que, en un principio, solo me vi capaz de establecer un perímetro para calibrar los daños causados por la explosión nuclear que fue su muerte.

Pero a medida que fui recomponiendo algunos fragmentos de la vida de Nela, juntando pedazos desperdigados de historias e interpretando datos supuestamente aleatorios hasta unirlos en un discurso fluido, no solo entendí que la dimensión de lo que significaban su vida y su muerte excedía con mucho mi modesto afán inicial, sino que, poco a poco, a través de las palabras, Nela se fue haciendo presente, fue adquiriendo consistencia. Nela, por decirlo de otro modo, se manifestó.

¿Es así como se llena el hueco irremplazable que deja una persona que ya no está, que ha muerto, mediante la narración de su historia? ¿O esa narración acaba convirtiéndose en la prueba irrefutable de la desaparición de esa persona y, por lo tanto, en el anuncio del olvido definitivo?

En cualquier caso, más de cuarenta años después de su muerte, y como dicen que ocurre con las estrellas distantes, me alcanzó la luz de Nela. Ahora sé que esa luz siempre estuvo ahí y que fueron mi incapacidad y mis prejuicios los que me impidieron verla; se trataba, como de costumbre, de enfocar la mirada en la dirección correcta. Porque Nela, al igual que muchos de los integrantes de su generación, no llegó a vivir algunas de las maravillas que ofrece el paso de los años, pero sí conoció algunas de las cosas más valiosas que pueden llegar a experimentarse en este mundo. Conoció el amor. Conoció a personas que la valoraron y la quisieron. Conoció la libertad. Y, sobre todo, supo vivir a conciencia el sentido de posibilidad. Entre otras razones, y más allá de su particular carácter, porque su adolescencia y primera juventud se desarrollaron en un momento y en un lugar en el que soñar con un mundo mejor, más humano, solidario y pleno no era, como lo es hoy, una muestra de candidez o de debilidad.

Es muy posible que todo lo que ocurrió en esa época permanezca eternamente en el olvido, sepultado por la denominada versión oficial. Es muy posible, por lo tanto, que mi esfuerzo, volver a traer ese tiempo a la palestra, acabe siendo un esfuerzo vano. Como es muy posible que Nela, a pesar de esta historia, sea olvidada para siempre, como lo seremos todos. Pero ahora mismo, tanto ella como sus compañeros de aquel tiempo están aquí. Vuelven a aparecer en las fotografías, aunque sea solo durante un momento fugaz. El tiempo suficiente, en cualquier caso, para poder sentir que ahora está realmente enterrada, que esta historia es, en cierto sentido, la verdadera lápida que da fe al constatar su muerte de manera respetuosa y digna.

Pero por otra parte está la esencia de Nela. Es más que probable que no haya captado con estas palabras dicha esencia, como advertí ya en las primeras páginas. Porque, de algún modo, entiendo ahora a mi hermana como una suerte de animal salvaje que hubiese estado atrapado en un cepo grande y pesado durante mucho tiempo, aullando sin que nadie pudiese oírla. Y creo que lo que ha logrado esta historia ha sido abrir ese cepo y liberarla. Pero, acto seguido, sin siquiera quedarse un rato para responder a mis preguntas o dar las gracias —no tendría sentido que un animal salvaje lo hiciese—, me da la impresión de que la esencia de Nela salió corriendo para ocultarse de nuevo entre la espesura. Tal vez el lugar al que siempre ha pertenecido.

A mí, sin embargo, haber tallado esa lápida y abierto ese cepo me vale. Porque mil veces me pregunté, desde antes incluso de empezar a redactar estas páginas, qué sentido tenía contar esta historia.

Ahora lo sé.

AGRADECIMIENTOS

En primer lugar, quiero expresar aquí no solo mi agradecimiento por su participación en este libro, sino el amor y el profundo respeto que siento por mis hermanos, Carmen y Paco. Muy cerca de ellos coloco también a Marga, mi cuñada.

En segundo lugar, agradecer a mis editores, Juan Cerezo e Ivan Serrano, la confianza en este proyecto desde la primera conversación, así como sus perspicaces y clarividentes consejos.

En tercer lugar, expresar mi absoluto reconocimiento a María Angulo, que leyó dos versiones previas de este libro, siempre con rigor e inteligencia, y cuyos comentarios han sido fundamentales a lo largo del proceso de escritura. Pero lo que nunca voy a poderle agradecerle lo suficiente es hasta qué punto se ha mostrado, en más de un sentido, comprometida, cercana y posibilitadora en todo lo relacionado con la difusión del recuerdo de mi hermana Nela.

En cuarto lugar, quiero señalar que las lecturas del manuscrito, en diferentes fases de la redacción, que llevaron a cabo Carlos, Mathias, Marcel, Eloy y Robert resultaron fundamentales para acabar de perfilar el enfoque que esta historia requería.

En quinto lugar, dejo constancia aquí de la deuda que contraje con Jordi Corominas Julián durante la última fase de mi investigación: él me puso en contacto con Vanessa Roghi, que fue la que me ayudó a acercarme al entorno de Valerio, y a la que estaré por ello eternamente agradecido.

Porque haber contactado con el entorno de Valerio (amigos y familiares) no solo me ayudó a acabar de darle forma a esta historia, también me ha cambiado la vida. Infinitas gracias a Mario, Emanuela, Sonia, Silvia, Mariella y, muy especialmente, a Riccardo y a Luca.

Me gustaría hacer una mención especial aquí a Valerio, que amó y cuidó de mi hermana Nela y supo plantar en todos aquellos que le trataron una semilla de luz.

De entre todas las personas que entrevisté en busca de pistas sobre mi hermana o para conocer aspectos y detalles de los años setenta en Barcelona, quiero agradecer especialmente la colaboración de Pep Bernadas, Ana Briongos (q.e.p.d.), José Luis Casbas, Francesc Clarasó, Xavier Moret, Ester Pinto, Josep Maria Polls y Pepe Ribas.

Mi admiración y gratitud al doctor Sergi Corbella,

que me ha acompañado durante los años de escritura de este libro y me ha enseñado a encontrar un nuevo tipo de equilibrio. En ese sentido, todo mi reconocimiento también a dos personas que han sido fundamentales en ese camino: Basili Llorca y Lama Tsondru, porque sin ellos no habría encontrado el lugar desde el que enfocar la escritura.

Nunca me cansaré de darles las gracias, y de celebrar, a todos los buenos amigos que siempre están ahí (algunos los he citado arriba), escuchando mis historias y apoyándome: Jaime, Jordi, Jorge, Marc, Pere y Pierre.

No podría concebir ninguno de mis proyectos sin el visto bueno de mis hijos, Noam y Alain. En este caso con más razón que nunca. Ellos son siempre un incentivo, un reto, una fuente de inspiración y una recompensa.

A Montse me veo incapaz de intentar mostrarle aquí con unas pocas palabras el reconocimiento, la admiración y la gratitud sin límites que me merece. Espero que le valga saber que es mi alfa y mi omega.

Me gusta pensar que a mi padre y a mi madre, a pesar de todos los pesares, les alegraría comprobar que este libro, en última instancia, es también un reconocimiento a su esfuerzo y entrega a la hora de formar una familia. Porque las familias no solo se crean y se destruyen, también se transforman.

Últimos títulos
Colección Andanzas

1039. La extraña soy yo
Julia Franck

1040. Guapa de cara
Rafael Reig

1041. Roca Pelada
Eduardo Fernando Varela

1042. Tumbas sin nombre
John Connolly

1043. En la piel del lobo
Kerstin Ekman

1044. La taberna de Silos
Lorenzo G. Acebedo

1045. Tasmania
Paolo Giordano

1046. La soledad de los números primos
Paolo Giordano

1047. Venganza
Yoko Ogawa

1048. El hombre de la guerra
Ramiro Pinilla

1049. El último telesilla
John Irving

1050. El holandés
Elisa Ferrer

1051. Nada que decir
XIX Premio TQE de Novela
Silvia Hidalgo

1052. Punto de realce
Simonetta Agnello Hornby

1053. El mar de Arrigunaga
María Bengoa

1054. Destino y memoria.
Cien años de Jorge Semprún
Mayka Lahoz

1055. Tesis sobre una domesticación
Camila Sosa Villada

1056. Perro negro
Miguel Ángel Oeste

1057. La última función
Luis Landero

1058. No volverán tus ojos a mirarme
Marta Barrio

1059. Cuadernos de la guerra y otros textos
Marguerite Duras

1060. La ciudad y sus muros inciertos
Haruki Murakami

1061. Mosturito
Daniel Ruiz

1062. Peces abisales
Rosa Ribas

1063. Los rieles
Aurora Venturini

1064. El niño
Fernando Aramburu

1065. Suzuran
Aki Shimazaki

1066. Arde ya la yedra
Gonzalo Hidalgo Bayal

1067. El enigma de West Heart
Dann McDorman

1068. Cualquier cosa pequeña
Rafael Reig

1069. La tarde que Bobby no bajó a jugar
Mayra Montero

1070. El limo
Rosa Jiménez

1071. Las furias
John Connolly

1072. Una tienda en Chicken Hill
James McBride

1073. Nela 1979
Juan Trejo

1074. Casi perra
Leila Sucari